包容的智慧

星云大师　刘长乐◎著

湖南人民出版社

目 录
CONTENTS

行到水穷处　坐看云起时_叶小文/001

壹·有容

柏林墙是被音乐电视摧毁的吗？/002

醍醐灌顶"一句话"/005

规律藏在"爱和良知"的镜子里/008

你可以不信，但不必排斥/011

心静，则万物莫不自得/014

虚空包容万有/018

身临其境，方知别有洞天/022

生活本身就是神通/024

贰 · 伏惑 …… 027

不给别人留余地，可能让自己没有立锥之地/028

最不听话的是我们的心/031

王道与佛法的冲撞/035

薪尽火传，生命在于转化/037

良知就是知耻、知愧、知恩/039

不能圆融人我关系，是最大悲哀/042

财富会空，真空能生妙有/044

迷惑时的判断：止于至善/047

叁 · 若水 …… 049

当提起时提起，当放下时放下/050

只要自觉心安，东西南北都好/053

在人群中实现使命/056

中国的禅学进入世界的视野/058

一天保有十分钟的宁静/060

为凶手立一块祭奠的石头/062

上与君王同坐，下与乞丐同行/064

目 录
CONTENTS

肆 • 度己
067

每天讲三句赞美的话/068

持久热情，才能耐得住寂寞（或热爱、敬畏到忘我是唯一途径）/070

一切阻碍都是线索，所有陷阱都是路径/073

文化血型与世界华人/076

对工作存有敬重之心/078

信息多元遏止信息霸权/081

深入才有洞察，热爱才能感动/084

自省者自强，自律者自尊/087

伍 • 变通
091

退步原来是向前/092

忍是智慧，忍是担当/095

在冲突中学习/098

受保护的文化，荣耀与危险并存/101

宽可容人，厚可载物/104

宽恕让未来变得开阔/106

善待资源，兜里不能老是揣着弓和箭/108

陆 • 多元 —— 包容的智慧

111

让"平等"回归人心/112

信仰可改变一国之精神格局/115

我们有什么可自卑的呢/117

禅者眼中，万物皆美/119

媒体整合与竞争的关系/122

佛教是门窗/124

瞻礼佛指/126

文化冲突走向文化融合/129

柒 • 管理

133

柔性管理 自觉管理 感动管理/134

十年前的一碗面/137

如果胜利意味着打败所有人……/139

和解是历史的正途/141

刚柔相济，东方与西方的中庸/143

菩萨心肠+现代管理/146

以出世的精神，做入世的事业/149

西方的一分为二，东方的二分为三/152

不管理就是高明的管理/155

管人难，管心更难/158

目 录
CONTENTS

捌·信远……161

善恶若不报，乾坤必有私/162

重振勇气，向死而生/165

危机：危险之中有机会/168

憨商之道是聪明/170

我们欣赏身处困境仍微笑的人/172

以无声的觉悟，求有声的事业/174

千江有水千江月，万里无云万里天/177

跋：智慧的艺术_张　林/179

附录

佛教智慧的真义

——星云大师《世纪大讲堂》演讲录/187

附帖

1. 星云大师的云水日月/201
2. 星云大师的借鉴与独辟/203
3. 圣情如画，"人性与爱"/205
4. 人间佛教现代律仪/206

行到水穷处　坐看云起时

叶小文

佛教是中国信众最多、历史最长、影响最大的宗教。源自佛教的语言和理念融合于中国传统文化，中国传统文化也包容着佛教。中国是重"君子"、轻"小人"的国度，"和尚"则常与"君子"相伴，互为师友。《周易》云，"天行健，君子以自强不息"，君子效法天之日月星辰，从不间断地刚健运行；"地势坤，君子以厚德载物"，君子效法广袤大地，有容乃大的宽厚、包容。佛教在中国扎根、开花、结果，薪火相传，生生不息，正是汲取了这许多的"君子"之精气神，于是既有勇猛精进，"狮子林中狮子吼"的刚健，也有"无缘大慈同体大悲""是法平等无有高下"的宽厚包容。于是一见高僧来了，你会感受到"一团和气"，升腾起"一股和风"，所以叫作"和尚和尚，以和为尚"。

本书的两位作者——台湾佛光山的星云大师和凤凰卫视的刘长乐先生，都是我的挚友。近年因都热心张罗筹办"世界佛教论坛"，便不时有缘相见。每每看见长乐先生，我会想起"大和尚"；看见星云大师，我又看到"真君子"。打开书卷，两位高僧名士，两位大师、大家，在那里娓娓而谈，备感亲切。犹如温暖的春风习习扑面，智慧的清泉款款入心，听着，悟着，你会恍然大悟，原来是"人间佛教，大家包容"。

刘长乐先生和来自海峡两岸、五湖四海的员工，形成了华语媒体中独特的多元态势、融合道路和专业主义激情，放大了东方文化与西方文化的互补、传统文明与现代文明的整合。十年飞翔，他们用大地背负着天空的理想，又用天空辉映了大地的期许。凤凰的声音，表现在话语权，生命的尊严，创造的喜悦，圆融共进之中。记得长乐先生告诉我，凤凰卫视的新大楼在深圳落成了。我说，"凤凰"之"体"在深圳，"头"在北京，"脚"则踏踏实实地踩在香港，故乃大鸟、奇鸟、中华吉祥之鸟。每每遇见这只吉祥鸟的领军人物长乐先生，见他如此善于驾驭现代传媒又如此热心传统文化，尤其是如此深入地理解中国佛教的精神，我就不禁常生欢喜之心，常有"长乐"之念。

星云大师少年立志——此生一切"为了佛教"。及至八十高龄，不惧跌跤断骨，仍然云水行脚于全世界，到处讲经说法、随缘度众，老骥伏枥，志在千里。而大师所念兹在兹的，还有两岸同胞的亲情往来；所孜孜以求的，还有两岸佛教的合作交流。前年，李瑞环先生手书一联，托我送给星云大师，联云："行到水穷处，坐看云起时。"大师问我其意如何解读，我便引经据典，议论一番：此句出自唐朝王维《终南别业》："中岁颇好道，晚家南山陲。兴来每独往，胜事空自知。行到水穷处，坐看云起时。偶然值林叟，谈笑无还期。"李瑞环先生特取其中"行到水穷处，坐看云起时"一句，书赠星云大师。如果按王维的原意，"行到水穷处"，其直白的意思是随意而行，然不知不觉，竟来到流水的尽头，看是无路可走了，索性就地坐了下来。"坐看云起时"，乃心情悠闲至极。这一行、一到、一坐、一看，悠闲、无心，如陶潜《归去来辞》所说是"云无心以出岫"，且诗中有画，天然便是一幅山水画。但我理解瑞环先生的用意，当然不仅是诗与画，而是"行至水穷，若已到尽头，而又看云起，见妙境之无穷。可悟处世事变之无穷，求学之义理亦无穷。此二句有一片化机之妙"（俞陛云《诗境浅说》）。而"水穷处"，似暗喻台湾当局倒行逆施，山穷"水"尽。"云"

则暗喻热爱祖国、维护统一的力量正在兴起，大有可为，且正合星云法师之"云"，《云水三千》之"云水"，读来充满亲切鼓励和热情期待的意蕴。星云大师听了这番解读，点头微笑。

前不久，我率国家宗教事务局代表团参加在东京举行的"日中友好宗教者恳话会成立四十周年"庆祝集会，星云大师闻讯，专程从台湾赶来，陪我同游日本人奉为"神山"的富士山，至"五合目"饮茶叙旧。我写了一首小诗纪念当时的情景："男儿有泪不轻弹，英雄一怒喷火山。无情未必真豪杰，尚留泪痕挂山峦。五合目外春尚寒，一饮君茶暖心间。异国更有思乡苦，万语千言却无言。"我当时只是默默地看着大师，相视无言。现在读了《包容的智慧》一书，不禁佩服长乐先生，到底是传媒大师、凤凰领军，竟然引出大师这么多智慧语录，而且当机对机，对答如流，妙趣横生，回味无穷。"平常一样窗前月，才有梅花便不同。"这里看得见的是月，嗅得出的是花，心悟的则是境——意境，禅境。佛界与传媒界、高僧与名士的对话，在平易处交流，交流人生的历阅，世间的故事，生活的感知，意趣盎然，言近旨远，让我们于窗前明月中看到了梅花，于暗香浮动处观照了明月。

读《包容的智慧》，我们大家真的有"行到水穷处，坐看云起时"的化机之妙；有"宠辱不惊，闲看庭前花开花落；去留无意，漫随天外云卷云舒"的包容之心。

请大家不妨一试。

2007.7.15于北京

壹·有容

有容就有气度、涵养、承诺、财富。有容纳的气量,自有端庄的容颜。境随心生,容从心现。容是面子,人到40岁面容就由自己负责了;容也是里子,含着气质与肚量。

尽日寻春不见春,芒鞋踏破岭头云。归来偶把梅花嗅,春在枝头已十分。

柏林墙是被音乐电视摧毁的吗？

长乐先生：

1989年11月，在一个没有战争、没有冲突的日子，世界冷战时代的标志物柏林墙倒塌了。有人说，是音乐电视摧毁了柏林墙，音乐电视的10亿观众拥有巨大的心灵能量。物质之墙是无法与这种能量抗衡的。

2001年9月11日，数十亿人目瞪口呆地看着直播的电视画面里，飞机在秋日的朝阳下，撞向纽约110层的世贸大楼，然后，大楼慢慢地塌下来，烟尘像原子弹爆炸一样，带着巨大的能量，迎面向人们扑过来。有人说，这次震惊世界的惨烈袭击源于"文明的冲突"，而且这种冲突将越来越深刻地出现在我们的身边。

当亲身经历这些标志性的事件发生之后，我常常想，自以为聪明的人类虽然能看清大到宇宙小到原子的物质世界，却仍然无法学会如何相处这样的生活细节。而恰恰是这些细节，可能决定着一个人、一个团队、一个民族、一个国家，甚至是整个人类的命运。

"认识你自己"，这句苏格拉底在两千多年前说的话，在今天依然是人类的一个重大课题。

这样的时刻，一种浸透着宗教精神的东方价值观——"包容"进入了人们的视界。

星云大师：

一位观众在凤凰电视台看了关于我与刘长乐先生的对话后写道："我不太明了的是，节目的名称叫《包容的智慧》，但整个节目中并没有怎样触及智慧。但当我静下心来思索时，突然开悟：'包容的智慧是什么？不就是包容吗？对，智慧就是包容！'"

中国词语意味无穷，包容不仅意味着平和、宽容，也经常有另外一些意思：眼开眼闭，难得糊涂，吃亏是福。还讲究忍让、苟且、退守，即所谓的"妥协"。

妥协是一条路径，变通是一种境界。佛教本身就很会妥协，有时妥协是成功最重要的因素之一。我云游世界各地弘法，记得有一次在美国康奈尔大学讲演，该校一位约翰·麦克雷教授在叙谈时说道："你来美国弘法可以，但是不能开口闭口都是中华文化，好像是故意为征服美国文化而来的。"当时我听了心中就有一个觉悟：我应该要尊重别人的文化，我们来到这里只是为了奉献、供养，如同佛教徒以香花供养诸佛菩萨一样。大家常说，让一分山高水长，退一步海阔天空，就是这个意思。

还有人把战胜对手当成成功的标志，其实，真正的制胜之道，不在于屈人之兵，而在于化敌为友。

长乐先生：

在释迦牟尼、孔子、苏格拉底那个时代，古希腊、以色列、中国和印度的古代文化都发生了"终极关怀的觉醒"。换句话说，这几个地方的人们开始用理智的方法、道德的方式来面对这个世界，同时也产生了宗教。它们是对原始文化的超越和突破。而超越和突破的不同类型决定了今天西方、印度、中国、伊斯兰不同的文化形态。

遗憾的是，在两千多年之后的当代，东西方文化产生了一些严重的冲突、分歧和对立。恐怖主义、自杀式袭击、隔离墙、定点清除等等。死亡与战争，像影子一样跟随着人类，面对这些严重的危机，东西方的一些有识之士提出了相互依存的思路。但是怎样才能让人们真正认识到谁也离不开谁呢？包容的思想为我们提供了一些新的思维方式。

星云大师：

许多宗教学者与文化学者都认为，佛教文化具备独有的"包容性"，能广泛顺应人心与区域文化的差异。这种文化的特质，符合现在多元化与全球化的文化发展，值得我们进行更加深入的思考。近年来，佛指舍利分别来到台湾和香港，造成各地万人空巷、万人争睹的盛况，各种政治纷争也暂时告一段落，显现出华人民众对佛教文化的普遍认同，无论政治立场再怎么对立，回到家中，"家家念弥陀，户户有观音"。

我曾经用"虎豹山林"——虎豹聚集的地方，形容社会现状。但是，另一方面，"虎豹山林，共生和解"，连动物都能和睦相处，何况人类呢？这对于思考目前的两岸关系现状是有启发的。

长乐先生：

探讨包容的智慧，我以为有许多问题需要大师开示，比如：

1. 包容的真义是什么？
2. 人类为什么要互相包容互相尊重才能生存？
3. 办任何事，困难不怕，危险不怕，就怕没有伟大的精神。这个伟大的精神指的是包容吗？
4. 有一颗善心就可以解决所有问题吗？
5. 原谅恶，会不会导致恶的泛滥？
6. 文化对社会的潜移默化的作用主要表现在什么地方？影响有多大？
7. 佛家讲究平常心，但追求卓越的社会群体需要企图心，两者如何统一和协调？
8. 中国人是不是一个有包容性格的民族呢？
9. 大众传媒对于两岸的和解、交流应该发挥何等功用？

醍醐灌顶"一句话"

长乐先生:

大师身居佛门而办报、办电视台,可以称得上是"媒体人";外界看我做媒体而热心佛教文化,也算是与佛有缘了。我有幸聆听过大师在万人场馆的佛法开示,深入浅出,生动活泼,堪为传媒人的榜样。记得您那次向信众说过一些道理简单又寓意深刻的"一句话",会让很多人受用终生。

星云大师:

佛教是开启智慧之教,教人也教己,度己也度人。我平时在世界各地来去匆匆间,常有人要我给他一句话,希望对他的人生有所点拨。尽管行程绵密,时间紧迫,我总是尽力满人所愿,因此多年来随缘应机说过很多的"一句话",现在也在徒众与信众之间流传,例如:忙就是营养;要争气,不要生气;多说OK少说NO;感动就是佛心;疾病就是良药;拒绝要有代替;立场互换;给人利用才有价值;自己就是自己的贵人;有钱是福报,用钱才是智慧;宁可失去一切,但不能没有慈悲;有人批评毁谤我们,不一定是自己不好,可能是别人给我们的勉励。

长乐先生:

大师说的这些简单易懂的大白话,细细想来又饱含禅意。

我在平日读书和研究佛家经典时注意到，中国传统诗词尤其是成语中关联到佛教的很多，比如：脚踏实地，醍醐灌顶，将心比心，皆大欢喜，苦口婆心，恒河沙数，芸芸众生，出淤泥而不染，种瓜得瓜，解铃还须系铃人，百尺竿头更进一步，门外汉，口头禅，等等，比比皆是。连缀成一篇文章都绰绰有余，它们已被大众所熟知熟用，出处反倒不重要了，可见佛教与中华文明早已通融借代，完全可以借花献佛，各显神通。

星云大师：

确实，当西域佛教传入东土之后，包容通融，从语言到思想，从史典到公案，既有博大精深，也有通俗教化。可以说，佛教是世界上最包容的宗教，从王宫贵胄到贩夫走卒，从异教外道到淫女贱民，只要肯发心向道，佛陀都包容接引。隋唐时代，八宗昌盛，竞相发展，使得中国佛教缤纷灿烂，事理辉映，后来流传到东亚各国，丰富了当地文化内涵，直至今日仍历久弥新。可见，包容异己不但不会导致派系分歧，还能繁衍生机，形成枝繁叶茂、百花齐放的盛会。

也正是因为中华文明和佛家文化的包容之功，才使得佛教成为我们取之不尽、用之不竭的宝藏，可见包容是因也是果。

长乐先生：

从细处看，是滴水穿石；往远处看，是百川归海。

星云大师：

太虚大师说过：中国佛学的特质在禅。但禅并非佛教的专利品，可以说人间到处充满了禅机。

有学僧问赵州禅师："怎样学道？怎样参禅？怎样开悟？怎样成佛？"

赵州禅师点点头，起身说："我没有时间跟你讲，我现在要去小便。"说完，不理会那人的惊愕，开步就走，几步后突然停下来，回头微笑说："你看，像小便这么一点小事情，还要我自己去，你能代替我吗?"

  当然,参禅求道的大彻大悟不是那么容易,不过只要每天都有小小的觉悟,日积月累,就会豁然开悟。

规律藏在"爱和良知"的镜子里

星云大师:

古往今来很多修道证悟的高僧大德，他们开悟的方法可以说千奇百样，有的禅师看到花开花落而豁然有悟，有的禅师听到泉流蛙鸣而开悟，有的禅师打破了杯盘碗碟而开悟。

再譬如，唐朝的一位比丘尼[①]到各地遍参之后，回来见到庭院的梅花，终于开悟，说道："尽日寻春不见春，芒鞋踏破岭头云。归来偶把梅花嗅，春在枝头已十分。"

也有人以参禅前后的不同感受来说明悟后的心境。没有参禅的时候，"看山是山，看水是水"；参禅的时候，"看山不是山，看水不是水"；等到开悟之后再看，仍然是"看山是山，看水是水"，只是生活的内涵、品位不一样了。

唐朝大珠慧海和尚在当学僧时，经常自言自语："主人公，你在吗？在，在！"不知者以为他疯癫，知者了解那是一种深刻的禅修功夫，意在唤醒自己的觉性。

所以，看见自己的真心非常重要，从此不必在那些传言和捕风捉影里被人家牵着鼻子走了。佛教讲人人皆有佛性；而佛，就是觉悟的人。

---

① 比丘尼：年满二十岁出家、受了具足戒的女子。

长乐先生:

儒家也说,君子不可以不修身,思修身不可以不事亲,思事亲不可以不知人,思知人不可以不知天。要想真正掌握知人的智慧,我们还应该参悟宇宙万物的发展规律。而这个规律,也许就藏在我们心性中那面叫作"爱和良知"的镜子里。

我看到《南方周末》上有学者谢泳先生的一段观点:"没有一种教育是成心要让人学坏的,但有些教育的结果是很多人变坏了,这是一个事实。教育不是让人学会爱,而是要让人学会恨,对待敌人就要像秋风扫落叶那样残酷无情。西方教育核心是博爱,中国传统教育的核心内容是仁爱,但到了后来,这些都不要了。"细看这半个多世纪以来教育的衍变,这一过程是潜移默化的,这一结果又是触目惊心的。

星云大师:

这是很遗憾的。教育的目的,在于开发人们与生俱有的潜能,培养良好和谐的性情,进而形成健全的人格。在佛教里,十分注重修行,所谓"修行"不是专指宗教的行为,也不只是外表的形式,而是内心道德的养成,人格的升华。例如:人与人往来互相尊重;心存恭敬、包容;做人有人格、品德、威仪;肯与人结缘;心思端正,正知正见……这些都是修行。甚至在人际的相处上,以人我无间的雅量,包容异己的存在;用净秽不二的悲心,包容伤残的尊严;用怨亲平等的智慧,包容冤仇的伤害;用凡圣一如的认知,包容无心的错误。以包容的心胸广利众生,这也是修行。

长乐先生:

公元67年,迦叶摩腾与竺法兰携《四十二章经》从印度来到中国的洛阳,翌年,明帝建白马寺,佛教自此传入中国,站在共识的基础上,和中华文化达成了一种非常良好的默契,它们互相促进,互相补充,又互相融合。在这个过程中,也发生了很多故事,让我们看到中国文化、中华民族对佛教的包容。

星云大师：

1963年，我代表台湾佛教会到印度访问，在偶然的因缘下，和印度总理尼赫鲁先生见面。尼赫鲁先生对我们说："印度是一个文化古国，但是如果没有佛教，印度又怎能成为文化古国？"从尼赫鲁先生桌前供奉的释迦牟尼佛像，可看出他对佛教文化的重视。

佛教传到中国后，中国的文化包容了佛教，佛教也壮大了中国的文化。中国的语言、文字、思想，如因果报应、轮回、来生的思想，乃至人民的生活等，都受到佛教的影响。可以说，佛教增加了中国人民生活的平安、喜乐和希望。

中国和佛教之间始终是和谐的。佛教文化能融入悠久的中华文化，继续发扬光大，成为中国的佛教，甚至代表中国文化的一部分向世界拓展，可以说中国对得起佛教，佛教也对得起中国；这是有相互关系的。

你可以不信，但不必排斥

长乐先生：
请大师对佛教中的"凤凰"给一个开示。

星云大师：
凤凰是一个有生命的动物，鸟中之王。在佛教里，凤凰是个大鹏金翅鸟。它一飞数万公里，可以环绕整个地球，飞得高过现在的飞机。中国人想象力很丰富，不一定要看到凤凰确切的模样，它可能是鸟与兽的综合体，很真，很善，很美。你们的"凤凰"二字起得真妙，全世界的华人都能接受，都能联想到美丽的颜色、动听的声音、高贵的德行、和谐的性格。

长乐先生：
佛教讲慈悲，凤凰讲和美，二者有着同样的精神核心。正如大师所说，传说中的凤凰是由多种鸟和兽组合在一起的，象征着多元与包容，也带给人们宽广的想象空间，成为中华民族文化的一个图腾。

星云大师：
佛教如同大海，大鱼小虾它都可以包容。"凤凰"电视台亦有如此气概，用精神覆盖了全球，节目面向不同地域、不同族群，也是一种包容的襟怀。

长乐先生：

佛教从印度和西域传到中国以后，经历了两千多年的本土化过程，与中国文化相互包容促进。在这个过程中，大师对佛教文化与中国文化的融合，做了非常多的贡献。

星云大师：

佛教在今天这个时代，有一些人不信，排斥。我说你可以不信，但不必排斥它，世间所有的东西，即使是废物都可以利用，何况宗教有这么久的历史，这么久的文化，应该获得起码的尊重。它对净化人心，改善社会风气，承载我们的中华文化，有莫大的贡献。

长乐先生：

记得历史学家亨廷顿曾经提出过一个惊世骇俗的理论，他说，21世纪将是中国人的世纪。这个学说一经公开，便引起全世界权威领域的侧目和争议。进入21世纪以来，中国的综合国力大幅增长，国际地位日益提升，而中国将成为"21世纪的主宰"这样过分强悍的观点，还是让很多中国人心存疑惑。中国的现代化发展不过短短二三十年，和当代强国有着很大的差距。就像一个久病初愈的人刚刚走下病榻，身心的疲倦尚未消退，便一脚踏入了飞驰向前的竞争轨道。

星云大师：

但是这个人虽然虚弱，他身上却带着一口袋无价之宝。宋朝柴陵郁禅师曾经写过这么一首偈子："我有明珠一颗，久被尘劳关锁。今朝尘尽光生，照破山河万朵。"这就是蕴藏在中华文明深处的包容和进取的力道。

西方一直有种比喻，称中国为"东方睡狮"，是一个随时会爆发出巨大能量的神秘动物。这个动物一旦回归丛林，便是万众归心的百兽之王。因此，不管是昏迷、打鼾还是醒来，中国的一举一动都注定会牵动整个世界的神经。

长乐先生：
也许这样的称谓和中国的舞狮传统有关。起初，舞狮表演具有浓重的图腾意味，现在真正意义上的舞狮似乎已经在我们的生活中渐行渐远，曾经英姿勃发的狮头，也正慢慢退化成为开张典礼上的热闹彩头，变成烘托气氛的活道具。

星云大师：
所以给舞狮点睛很重要。舞狮人都相信，狮子的眼睛一旦被点了红，就具有了生命。于是，当舞狮人架起狮头与狮身融为一体，辗转腾挪威风凛凛的时候，那种气场让人感到：舞狮是通灵的，它拥有驱灾免难、祈福迎祥的神力。

心静，则万物莫不自得

星云大师：

佛教里有一个"梓中宝藏"的故事，讲的是一位老人，在自家房下的地窖里藏了很多无价之宝，心想万一某天家道中落，子孙后代凭着这些财宝还能复兴祖业。许多年后的一天，这座年久失修的宅子突然失火，屋毁梁倾，子孙们弃屋而逃，流落他乡。因为他们不知道，废墟之下，藏着祖宗留下来的传世宝物。

长乐先生：

这就像我们今天生活的一种写照。如今，人类已经走过了农业社会、工业社会、后工业社会，直接冲进了网络化信息化时代。对于一个"白领"来讲，尽管每天海量接收的信息里，有实质意义的并不多，但是如果一天不上网，不浏览上百条资讯，不接收许多的e-mail、短信和电话，他就会惶恐不安地四处张罗，担心自己被社会"边缘化"。出门有车代步，家里、办公室里全盘自动化，足不出户就知道世界上正在发生什么，上网说两句话，可能引起几万甚至几十万人的争论；打个外购电话，就有人风风火火把你需要的东西送上门来……

但这一切似乎并不能使我们的身心得到真正的安适。在这个智力为王的时代，我们的身体终于从繁重的劳动中解脱出来了，却把所有的压力，都加载给了精神。

实际上，我们每天海量接收的信息里，有实质意义的并不多。尽管如此，人们还是身陷其中难以自拔。但这一切似乎并不能使我们的身心得到真正的安适。很多人抱怨自己的时间不够用，生活压力太大，却从来不曾停下来反思一下生存的意义。其实，守着个性就是守着自己藏宝的土壤。

星云大师：
要找到藏在地下的宝贝，就要一点一点地清理，一点一点地挖掘。

长乐先生：
有时候我也在想，既然我们的生活条件越来越好，视野越来越广阔，所能运用的资源越来越多，那些莫名其妙的恐慌到底从何而来呢？为什么我们每天总是忧心忡忡，似乎很难以轻松的心态对待面前那些捕风捉影的事？冥冥之中，我们为什么一直压迫着自己，将扑面而来的信息变成烦恼的来源，并且越是刺鼻的气息就越容易牵着我们的鼻子走？

星云大师：
有次，六祖慧能大师看到两个人对着一面旗幡，面红耳赤争论不休。一个说："如果没有风，幡子怎么会动呢？所以说是风动。"另一个说："没有幡子动，又怎么知道风在动呢？所以说是幡动。"两人各执一词，互不相让。慧能大师听了，对他们说："二位请别吵，我愿意为你们做个公正的裁判，其实不是风动，也不是幡动，而是二位仁者心动啊！"

长乐先生：
以佛教的见地反观，我们生活中的确有很多麻烦都是由己而起。对所有的事都执着，对所有的烦恼都招惹，即使早已风平浪静，我们还要坚持，正所谓世上本无事，庸人自扰之，烦恼痛苦也因此而来。

星云大师：

是啊，从上述公案里可以看出，禅师对外境的观点，完全是返求自心，而不是滞留在事物的表象上，我们常人之所以有分别，完全因为起心动念。因此，心静则万物莫不自得，心动则事象差别现前，如何达到动静一如的境界，关键就在吾人的心是否能去除差别妄想。

长乐先生：

我们如何去除差别妄想，让梓中宝藏重现，让怀中明珠尘尽光生？

星云大师：

如果那家的子孙找到了自家的宝藏，还会弃屋而逃吗？如果知道自己怀里揣着一颗价值连城的明珠，还会孤苦伶仃地流落街头吗？

长乐先生：

是啊，也许我们的惶惑不安，都是源于不自信。

星云大师：

为什么会不自信呢？

长乐先生：

因为不自知。

星云大师：

知人很难，知事也难，知理更难。但最重要的，人要知道自己，才能改进缺点，发挥自己的长处。一般人的问题，在于不知道人与我的关系，因为不懂"同体共生"的道理，因此不能生起慈悲心。不了解心境一如，不能心境合一，心被境界所转，心被外物奴役，所以不能自知。

长乐先生：

道家讲："知人者智，自知者明。"智慧就是自知知人。那么这个自知与知人之间，有没有必然的逻辑关系呢？

星云大师：

有啊。只有自知，才能知人。《吕氏春秋》中说："物固莫不有长，莫不有短，人亦然。"一个人不仅要了解自己的能力有多少，也要知道自己的长处和短处在哪里，才能借由不断的自我调整而进步。了解自己之外，更要了解别人，才不会对他人提出过分的要求。再说，一个人的能力再大，也会有所局限，大家必须互助合作，"取他人之长，补一己之短"，才能顾全大局，完成功业。

虚空包容万有

长乐先生：

要想对世界了解得更多，洞察真相，就需要空出自己的心来。这就是佛教所说的"无我"吧？

星云大师：

人的心，是高山、海洋所不能比的，所谓"心如虚空"，就是放下顽强固执的己见，解除心中的框框，把心放空，让心柔软，这样我们才能包容万物、洞察世间，达到真正心中万有，有人有我、有事有物、有天有地、有是有非、有古有今，一切随心通达，运用自如。

在管理中，有个很重要的因素，就是"包容"；而在佛教里，有一个字可以来形容这个包容，那就是"空"。空是因缘，是正见，是般若，是不二法门。空的无限，就如数字的0，你把它放在1的后面，它就是10；放在100的后面，它就变成了1000。

虚空才能容万物，茶杯空了才能装茶，口袋空了才能放得下钱。鼻子、耳朵、口腔、五脏六腑空了，才能存活，不空就不能健康地生活了。像我们的对谈，也要有这样一个空间，才能进行。所以，空是很有用的。

真正的管理，要包容。包容才能和谐，肚量多大，事业就有多大；要空出所有，才能建设一切。所以空的哲学，不是佛教独有的思想，应该把它用到生活里。"空",才能成就万有,不"空"就没"有"了。

长乐先生:

空的学说,确实深奥。我们知道,般若学说自从在南北朝时期传到中国以后,就跟中国的本土宗教发生了一个非常有趣的碰撞和融合。当时社会流行的老庄玄学,有一个非常重要的理论,是关于"有"和"无"的。这个理论和佛教中"空"的理论非常近似。于是,很多人在翻译佛经的时候,出现了一个误区,把"空"都翻译成"无"。因为人们长期浸淫于中国传统的儒教、道教之中,自然很容易将"空"想象成"无"。直到大翻译家鸠摩罗什来了以后,才把"空"的概念提炼出来。就像大师刚才讲到的,"无"是"没有"的意思,但"空"不是"没有"。大师讲的"空",实际上也包含着"有"的成分。

星云大师:

"无"是"空"的一半。这个"空",里面包含"有",也包含"无"。说"有"也未曾有——"有"了就无常变化;说"无"也不是没有。院子里那些光秃秃的树木,忽然冒出了新芽,一枝花开。你说它"无"吗?它"有"了。坐在家里,电视遥控器一按,屏幕里面载歌载舞,这是"无",还是"有"?

所以,空即是色。"空"才能拥有,才能包容万物,"空"不是没有。而色即是空,是指万物由因缘合和而生,无法单独存在。所以,"空"包含"无",也包含"有"。

长乐先生:

也就是说,"空"的概念是大于"无"的。

星云大师:

对,"无"也必大于"有"。有一位道树禅师,他把寺庙建在一个道观旁边，道士自然不高兴了。那些道士也不简单，有法术，时常呼风唤雨，结果把寺庙里面年轻的沙弥都吓跑了，只有道树禅师一点也不为所动，一住20年。道士们最后没办法，决定搬家。有人问道树禅师："你怎么能赢过那些有法术的道士呢？"他说了一个字："无。""无"怎么能赢呢？禅师说，他们有法术有神功，但他们不知道，"有"是有穷有尽，有量有边，有了之后就没有了。我呢，"无"，"无"就是无穷无尽，无量无边，所以我当然能胜过他。要把"有"和"无"真正地调和起来，则是用"空"来调和。

虚空包容万有，因为"空"，大地任我们游走，空气给我们呼吸，万物供我们取用，假如没有"空"，人类就不知将安住于何处了。所以，我们应该歌颂空的伟大、空的包容。"空"中才能生妙有。

长乐先生：
我看过您给我的弘一法师的《李叔同说佛》，这本书里还有大师的一个批注。在讲到关于"空"和"不空"的时候，弘一法师说，"空"与"不空"兼说，此意乃为完祖。您在一旁批道，"以无声的觉悟，求有声的事业"，这是一个非常有趣的话题。

星云大师：
"空"不是普通的知识，没有办法靠一般知识去了解，要靠证悟，悟到心空。所谓"心包太虚，量周沙界"，是指如果我们的心能像虚空一样，那么就可以容下整个大千世界。从管理上来说，我们的心能包容多大，就可以领导多少人。如果容得下一家人，可以做家长；容得下一村人，可以做村长；容得下一国人，就可以做国君。此外，在时间上要"竖穷三际"，在空间上要"横遍十方"，只有将这些运用到管理上，才能行事周全，包容一切；才能运筹帷幄，无往不利。

长乐先生：

在禅宗的学说中间，特别强调时间的问题。我们知道六祖提出"顿悟"的概念，顿悟即"放下屠刀，立地成佛"。从大师的"人间佛教"角度来理解，"坐禅"这样一种顿悟的哲学，是不是也能从简单的行为中体现出来？

星云大师：

不过顿悟也要从初级的渐悟开始。

比如说吃饭，吃到第五碗饱了，早知道前面四碗就不吃了，是这样吗？走了三天，最后一步到了台北，早知道前面不走了，是这样吗？如果真这样，就到不了台北。

即便是顿悟，前面也必须下很多的功夫，才能忽然证悟，就像黑暗中电灯一开，刹那间忽然大亮。人都有一些执着，不开窍，哪天忽然在一个机缘下，念头一转，豁然开通，整个人生都将因此起了变化。

身临其境，方知别有洞天

星云大师：

佛光山原本只是一座荒山，当年由一对越南华侨夫妇借钱买下，想建一所海事专科学校，计划却因合伙人意见不一致而夭折。这块山坡土地贫瘠，麻竹遍布，高低不平，他们到处兜售都无人承接，一家老小的生活陷入了困境。后来，他们托人辗转找到了我，希望我无论如何能援手买下，并说如果还不了债，他们只有自杀一途。此前，我们看中了大贝湖的一块地，筹款准备签约了。我的一个弟子说："大贝湖是观光胜地，我们在那里建寺庙，一定沾光，游客一定会顺道来参观、礼佛。"这一句话提醒我了，本来我建道场是要吸引中外人士"专程"来拜佛的，旅游顺便拜拜，不是我建道场的目的。而且，在大陆，佛教的名刹古寺，包括峨嵋、五台、普陀、九华等四大菩萨道场都建在山上，为什么我们不在台湾接续传统，也在山上开创一座佛教大丛林呢？于是，我当下就改变了主意，放弃那块"观光胜地"，也因此才有了今日的佛光山。

40年过去了，在众因缘的合和之下，佛光山已从无人问津的荒山，变成了一个可以容纳八方聚集朝圣的殿堂。目前佛光山于海内外共有二百余所分院，开山至今一直致力于"人间佛教"的推动，以"给人信心，给人欢喜，给人希望，给人方便"的理念，实践"以文化弘扬佛法，以教育培养人才，以慈善福利社会，以共修净化人心"之宗旨，建立欢喜融和的人间净土。也希望大家在看佛光山时，不要只看外在的建设，还要看佛光山的内涵、精神和制度。

长乐先生：

对于佛光山，只有身临其境，才知别有洞天。我相信僧俗大众跨入山门的那一刻，都会被这里饱满的气场和气势所感染。另外，我能感受到大师在日常的语言和做事中也浸润着现代的禅意。请多给我们一些开示。

星云大师：

我在禅门宗下接受多年的教育，也能用禅心面对一些义理人情。例如：佛光山开山初期，经济拮据，一些徒弟想要补牙，送来报账单。一些执事为了省钱，都主张要节俭，但是我说："尽管不能说一口好话，拥有一口好牙还是需要的。"

多年前我在医院准备做心脏手术，开刀前医生问我："你怕死吗？"我说："死不怕，怕痛。"事后一位教授问我："大师，您在手术的时候看到谁？"我说："看到大众。"

平时有一些游客到佛光山参观，在看过大佛城后，常以不屑的口气说："佛光山都是水泥做的。我说："我们只看到佛祖，没有看到水泥。"

生活本身就是神通

长乐先生：

孔子说："君子坦荡荡，小人长戚戚。"在佛法充盈的心中，世界万物是没有净秽，没有差别，完全平等的。但是，我们也经常听说一些禅师修炼神通的事，在唐宋佛教兴盛之际，这样的事似乎尤为多见。这是否是佛教与中国本土的道教结合交融的产物呢？

星云大师：

不是的。佛教所说的"神通"，是指修持禅定后，而得到的一种无碍自在的不可思议力量。大可分为天眼通、天耳通、他心通、神足通、宿命通、漏尽通等六种。事实上，神通也不限于呼风唤雨、腾云驾雾等奇术，在我们的生活中，到处都有神通。例如：长途跋涉，口渴难当，喝一杯水就能止息如火焰的干渴，这不就是神通吗？当我们看到嫣红嫩绿的花草，皎洁如轮的明月，会突然感到心旷神怡，感到莫名的欢喜愉悦，这不就是神通吗？当我们对别人说几句赞美的话，对方就会笑逐颜开；而当你出言不逊，横加指责时，则会招来对方的冷视。同样都是言语，变换口气，效果完全不同，这不也很神奇吗？我们把电视遥控器一按，屏幕上清晰地出现另外一个国度，甚至其他星球的活动，这不是天眼通吗？电话通信穿越重重叠叠的关山，这不是天耳通吗？飞机像鸟儿一样飞翔于天际，这不是神足通吗？

只要我们稍加留意，就会发现生活本身就是神通，只是我们习以为常，不觉神奇罢了。

除了生活中充满神通外，自然界的种种现象也是神通。譬如乌云密布，天上就下雨了，甚至有时太阳悬挂在天际，豆大的雨滴也洒落不停，这不是很奇异的现象吗？由于气流流动的不同，而产生和风、暴风、台风等，乃至闪电打雷、飘雪下雹，这一切的自然变化，都可以说是神通。乃至经济学家能够预测出未来经济的走势，进而提出解决的对策。社会上也有更多的专家，为我们提出人口爆炸、环境公害、能源缺乏等严重问题，希望大家能够防患于未然，这也是一种神通。

长乐先生：

这么说来，"神通"充塞于大自然的各种现象中，在我们的日常生活里俯拾即是，"神通"是人类经验的累积，是人类智慧的呈现，是能力的超绝运用。当人类智能结晶成科学文明以后，我们自行创造的神通就更多了。过去，月亮在人们心中是神秘、凄美的广寒宫，只有吃了不死灵药的嫦娥才能登攀；但是今天，借着宇宙飞船的助缘，人类可以自由自在地漫步于凹凸不平的月球表面。再比如，现代人的皮肤、器官坏了，可以移植变好；眼睛出了毛病，换个晶体，仍然可以看得一清二楚；试管婴儿的试验成功，克隆技术的发明，都是古人无法想象的神异现象。

星云大师：

佛教认为神通不能去除根本烦恼系缚，获得生命的圆满解脱，所以神通非究竟之法。再者，神通也不敌业力，即便神通第一的目犍连尊者，想要以神通之力挽救释迦族人，也是没有办法敌过宿业。三者，神通也比不上道德，有神通并不一定拥有幸福，只有道德才是取之不尽、用之不竭的宝藏，道德没有完成时，不能成就神通，德化的人生比神通更为崇高。四者，神通及不上空无，在佛法中以无为有，无的力量比神通更为强大，无的智慧比神通更为高远，神通比不上空无的道理，因此与其求取神通的力量,不如求证空无的真理更为急切可贵。所以,唯有在平常的生活里,去体会佛法的真谛,净化身心,得到大自在,才是根本之道。

贰。伏惑

伏惑,顾名思义,就是降伏烦恼、开解迷惑。一个整天愁眉不展、烦恼重重的人,怎会有心思去"包容"呢?

伏惑,就是要冲破迷津,悟彻人生。悟是水到渠成,悟是一针见血。

参禅何须山水地,灭却心头火自凉。

不给别人留余地，可能让自己没有立锥之地

长乐先生：

现在有各种各样的心理学或者社会伦理学可以辅导人们，但是，我觉得佛教更有教化人心的作用。《华严经》就特别提倡佛教圆融的精神，而且强调"包容必均"的思想。

星云大师：

"包容必均"很难，社会中矛盾是难免的。在我们的家庭里，亲如父子也会有矛盾；夫妻那么相爱，彼此也会有摩擦。尤其中国社会的婆媳关系，几乎一半以上都是有矛盾的。这个很可惜。本来是因情爱结成一家的人，为什么造成矛盾、添加仇恨呢？就是由于没有共识，没有沟通，彼此没有爱心，彼此是用成见来看对方的。

我举一个例子，端午节那天，一个婆婆叫儿媳包粽子。现在年轻的媳妇哪里会包粽子，不过婆婆指示了也不得不勉强去做。儿媳从早忙到晚，粽子包好了，慢慢煮，慢慢煮，终于快要煮熟了，总算对婆婆有交代，却听到婆婆打电话给小姑："女儿啊，你赶快来，我叫你嫂嫂包了粽子，你快回来吃。"儿媳一听，岂有此理，我辛苦了一天，才刚煮好，你就打电话叫你女儿回来吃。她一气之下丢开围裙，回了娘家。刚到门口，手机响了，是妈妈打来的："女儿啊，今天我让你嫂嫂包了好多粽子，你赶快回来吃吧。"这

时候，她不禁泪流满面。

你看，原来天下的母亲对女儿就是对女儿，对儿媳就是对儿媳。自己本身要认清自己的角色，就不会有意外的纠纷。那么，婆媳关系产生了矛盾，怎么办呢？这就要学习跳"探戈"了。你进两步的时候，我就退两步；我进一步的时候，你也退一步。彼此都能进能退，就和谐了。其实，不论友情、爱情或是亲情，人际间的相处要多包容，少排斥，给对方留一半的空间，自然会减少冲突摩擦的发生。

长乐先生：
和谐，其实是两方或多方相互体谅宽容的结果。

星云大师：
是啊，两方相斗，会造成两败俱伤；若是两人相让，则两人都有所得。让步不一定吃亏，从礼让中，才能和谐双赢。忍让一下，看似吃亏，实际上就是占便宜。

有这样一个故事。一天，阎罗王对两个小鬼说："你们两个可以到人间投胎去做人了，现在我手里有两个名额，一个呢，一生都要忙着给别人东西；一个呢，一生都从别人那里拿东西，你们愿意做哪一个啊？"

小鬼甲抢先跪下来说："阎王老爷，我要做那个一生从别人那儿拿东西的人。"小鬼乙只能让步，选择了一生都要给予的那一个。

阎罗王也不啰唆，抚尺一振，宣判道："下令小鬼甲投胎到人间做乞丐，到处向别人要东西吃；小鬼乙投胎到富裕厚德的人家，时常布施周济别人。"

长乐先生：
这个故事很有意思。以佛教的因果论来解释，贫穷通常与悭吝贪得、不肯施舍、不能与人结缘有关。我们反观现实，只想获得、不能施与的人，一般都不会有很好的人脉关系；每次都为了最大利益机关算尽，不给对方留一点余地的人，最终可能导致自己没有立锥之地。

星云大师：
为一点小利就去害人，日久自然大家都不愿意跟你合作。为了得到一瓢水，不惜把整个水源都污染了，这种舍本逐末的做法，最终受害的还是自己。

长乐先生：
儒家就讲，德是本，财是末，德是发财的基础；"外本内末"则会"争民施夺"。"财聚则民散，财散则民聚"。如果没有与民同乐的德养，即使有了巨大的财富，有谁愿意为你维护基业常青呢？如果人家都愿意跟着你，真心实意地为你出力，又何愁事业做不大做不强呢？这些道理，其实我们儒家的《大学》里讲得一清二楚，谁说我们的中国哲学里面没有经济韬略？这些都是根本的至理。

星云大师：
我们做人要学习吃亏、包容，常以慈悲布施之心待人，对于所拥有的一切，能知足、感恩，常想"我能给别人什么"，自然能够胸怀大众，心中常乐。

最不听话的是我们的心

星云大师：

患得患失，不明就里，这样的惑，自古有之。佛法里的四圣谛——苦、集、灭、道，是佛陀教导我们知苦、离苦，解决宇宙人生问题的方法。形成苦的原因，不外我与物、我与人、我与身、我与心、我与欲、我与见、我与自然的关系不调和。这一切都起因于我们心中有了种种分别、执着、妄想，因此才会迷惑颠倒、烦恼重重。

长乐先生：

在当今嘈杂的社会环境之中，要保持平静心态，对于大多数人来讲，几乎是可望而不可即的事。儒家也讲："爱之欲其生，恶之欲其死，是惑也。"我们的心性的确是变化无常的。今天我高兴，就做一点慈善的事；明天我心烦，就大开杀戒。生命中充溢着这些反复无常、剪不断理还乱的惑。

星云大师：

所谓"管事容易，管人难；管人容易，管心难"，有时候，我们责怪别人不肯听自己的话，其实，最不听话的是我们的心，今天要求这样，明天希望那样，总是翻来覆去，心猿意马。讲一个例子，比如今天我在市场上买到一个青花瓷瓶，价钱公道，精雕细刻。回家以后，一会儿擦擦，一会儿捧在手里看看，喜欢得不得了。朋友来了，拿出来展示，结果被他浇了一盆冷水："现在谁还买这样的老古董？早过时了，你看人家买的玻璃摆设，那才叫有品位呢。"等朋友走了，再把瓶子端在手里看，这下真不得了，瓶子一下子变得很难看，原先精雕细刻的手工，显得粗陋无比，原先的价钱公道也变成了低贱不值。愈想愈气，拿起瓶子就摔。这时，又有一个朋友来敲门，他是个收藏家。他捡起地上的碎片一看，不禁惊呼一声："这可是宝贝啊！"然后把这个瓶子的来龙去脉讲了一遍。这时我会是什么样的心情呢？

在这个过程中，瓶子有贵贱、新旧的变化吗？没有。变化的只是我自己的感觉。为什么我会突然改变自己的态度呢？因为我听信了别人的话。那么，我为什么那么容易听信别人的话呢？因为我没有自信。为什么没有自信呢？因为在购买瓶子的时候，我根本不懂得它。那我为什么要买呢？因为人家说，这个瓶子可以升值，所以我一冲动就买下来了。冲动，就是心中产生了妄念。

长乐先生：

看来，一切问题的根源，就在于我们是否掌握了辨别是非、好坏的能力。如果我们没有能力自己判断，就会陷入恐慌、焦虑、浮躁，被人牵着鼻子走。所以，找回自己的心性，找到是非真假的判断力，就是从根本上夺回自己生存发展的主动权。

惑之所以难耐，通常是因为我们已经付出了，付出前没有搞清背景实情，没有掌握客观的评价标准，因此无论我们如何私下揣摩，患得患失，结果反倒损失更大。

星云大师：

我们的心除了反复无常外，疑心、自私、贪婪等毛病也不少。有一则笑话说：一位患有神经质的病人，总是疑心他的肚子里有一只猫在做窝，真是寝食难安。心理医师与精神科医生百般地治疗辅导，始终无法消除他心里的疑虑。后来医师们只得为他做一次象征性的手术。手术后，当病人从麻醉中醒来，医师抱着一只猫告诉他："你肚子里的猫已经取出来了，以后你就不必再担心了！"岂知病人看看那只猫，满脸愁容地说："我肚子里的猫是黑猫，不是这只白猫啊。"

所以，当我们的心生病了，就要用佛法的"心药方"来对治，例如：贪婪的毛病要用喜舍来对治，嗔恚的毛病要用慈悲来对治，愚痴的毛病要用智慧来对治，傲慢的毛病要用谦虚来对治，疑虑的毛病要用正信来对治，邪恶的毛病要用正道来对治。

我仿石头希迁禅师的"心药方"，开了一剂生命的药方："好心肠一条，慈悲意一片，道理三分，敬人十分，道德一块，信行要紧，老实一个，中直十成，豁达全用，方便不拘多少。此十味药，用包容锅炒，用宽心炉炖，不要焦，不要躁，去火性三分（脾气不要大），于整体盆中研碎（同心协力），三思为本，鼓励做药丸，每日进三服，不限时，用关爱汤服下。"果能如此，百病消除。

长乐先生：

现在，我们知道了迷惑来自人性的弱点，但作为人本身，我们如何能够克服自己与生俱来的缺陷呢？在日益纷繁复杂的社会氛围中，我们又如何才能保住自己的良知不受污染呢？

星云大师：

良知就是良心。有良心的人，说话、做事、与人相处，都能本诸良知，如此必不会错到哪里去。反之，则前途堪虑。所以，一个人可以没有金钱、官位、权势，却不能没有良心。良心人人本具，只是忘失，需要找回。做事之前，必先摸摸良心，问自己这么做是对还是不对，千万不能昧着良心，事后再来追悔，就为时已晚。

长乐先生：

也就是说，如果我们不能有效利用自己的心灵空间，不能用正知正见来护佑，心就会被外界环境所吞没，随波逐流，变成一条任人污染，又无力肃清的沟渠。

星云大师：

是的，所以要常发惭愧心，要肯认错，要懂得感恩。能够行事不昧、自我反省的人，都是有良知的人。此外，对于那些良心生起、忏悔过往的人，要给予包容、协助，这也是人性的善美、光辉、伟大之处。

王道与佛法的冲撞

长乐先生：

对于国家功利主义或者国家机器的建设，佛教未曾有绝对的正面的贡献。但是佛教对社会和平，对人心的安定，对社会秩序的整饬，对社会风气的净化，还是有正面贡献的，尤其在爱与和平上。

星云大师：

印度阿育王大约与秦始皇同一时代，他也侵略别的国家。当他到被征服国巡视时，发现人们都仇恨他，这让他忽然生起了惭愧心。后来，他就改用仁爱、慈悲来领导。这样一来，百姓再呼应他的时候就心悦诚服。他有一句名言："军队的武力，不能获得人心；唯有法的力量、慈悲和智慧，才有胜利。"

世界上各派宗教至今仍在争执，但佛教从来没有搞过政治斗争，没有搞过革命，它是以慈悲、仁爱、互助、尊重、包容为根本，与世无争。有佛法就有办法，人心就会安定，社会就有秩序，民族之间就会和平、友爱，那么"和谐社会"就有实现的一天。

长乐先生：

中国的文化在很大程度上包容了佛教，但我们也不能忽略中国历史上针对佛教的一些抵御或抗争，比如"三武一宗"的灭佛事件。很多人认为，中国历史上的这几次灭佛事件，不仅有经济原因，还有政治原因。也就是说，随着佛教在中国的发展，其所拥有的话语权和资源势力，不仅威胁到了一个国家的经济发展，而且威胁到了皇权的稳固。

星云大师：
历史上"三武一宗"的教难，是指北魏太武帝、北周武帝、唐武宗和后周世宗四位帝王所带来的四次佛教的大灾难。当时，无数的寺院、经书、佛像、法器被焚毁破坏，诸多僧侣或遭到杀戮，或被迫还俗。佛教自东汉末年传入中国以后，其精深伟大的思想早已深植社会民心，普受大众的肯定与欢迎，因此，虽几经摧残，仍能屹立不倒，并很快复兴佛法。

其实历代以来，除了外道如白莲教借佛教反政府之外，佛教一向和平，尽力配合政府。但是由于执政者的权力欲及私心作祟，致使佛教在各朝各代还是历经了各种教难。当然，一些佛教门派太过世俗化，积聚财富，广置田产，这也是招致政治嫉恨的原因。

长乐先生：
政治是社会组织的重要一环，关怀社会则不能不关心政治。但也有人认为宗教归宗教，政治归政治，请问大师佛教与政治这两者有什么关系？佛教徒是否合适参与政治？

星云大师：
政治有护持佛教的力量，佛教也有清明政治的功用。因此，政治勿嫉妒佛教，勿舍本逐末，不能只有奖励慈善，应该多奖励从事净化人心、改善社会风气者。而佛教对于社会的关怀、人权的维护、民众的福祉，自是不能置身事外。因此，佛教徒不能以远离政治为清高，所谓"问政不干治"，个人可以不热衷名位权势，但不能放弃关怀社会、服务众生的责任。

薪尽火传，生命在于转化

长乐先生：

科学以"物质不灭"来描述我们人类世界能量的存在。它是不是和佛教所说的涅槃境界很相似，生命没有消亡，只有转化？

星云大师：

人，从过去的生命延续到今生，从今生的生命延续到来世，主要就是"业力"像一条绳索，它把生生世世的"分段生死"都联系在一起，既不会散失，也不会缺少一点点。"生命不死"，就是因为有"业"，像春去秋来，像冬寒转为春暖，一切都是循环，都是轮回。

所以，生，是因缘生；死，是因缘灭。从圣义谛来看，无生也无死。自然就像一个"圆"，好因带来善果，坏因导致恶果，因果相续，无始无终。无量劫以来，生命在自然循环下历经千生万死。死固然是生的开端，生也是死的准备，所以生也未尝生，死也未尝死。如薪尽火传，生命之火不曾停熄；如更衣乔迁，生命的主人仍未尝改变。所以古来的高僧大德大事已明，生死一如。

长乐先生：

我们每一个人的见解都有出现偏差的时候。因为无论我们身处哪一个国家，多大年龄，读过多少本书，对某个领域多么了解，都不能弥补我们现实的局限性。不要说在大宇宙时空里，就是针对一个国家一个地区甚至一个人，我们的认知，往往也是捉襟见肘，充满了狭隘臆断。

星云大师：

由于世俗的尘垢累积日深，使我们原本清净的心蒙上了污染，以这颗不再是明镜的心去观察世象，难免会产生偏差的见解，因此如何培养正见，减少偏差，是很重要的。所谓正见，指正确的见解，也就是对时空能认知，对人我关系能明察，对事理因缘能透彻。佛教认为人生的基本正见有四：要正见有因有果，要正见有业有报，要正见有圣有凡，要正见有善有恶。

"正见"也像一部照相机，拍照焦距不准确，洗出来的照片就会走样。同样，我们看世间的人、事，和世间各种道理，如果焦距调不准，不能以正确的思想来看待，眼中的一切事物都会变质。

良知就是知耻、知愧、知恩

长乐先生：

有时候，当我们标榜自己是爱国主义者的时候，也许应该先扪心自问一下，我们的爱国，到底是一种发自内心的忠义至诚，还是一种排除异己的方法？是虔诚无私地奉献，还是肆意挥霍占有欲的挡箭牌？

星云大师：

《阿含经》说："以欲为本故，母共子诤，子共母诤，父子、兄弟、姊妹、亲族辗转共诤。……以欲为本故，王王共诤，民民共诤，国国共诤；彼因共相诤故，以种种器仗转相加害，或以手拳、石掷，或以杖打、刀斫。"可见，只要所谓"爱"的情绪里面掺杂了私欲，那么，无论是"爱人""爱事业"，还是"爱国"，恐怕都暗藏着巨大的隐患。而这种以"欲"为基础的"爱"所演变成的家族、社会、国际的争斗，自古以来，酿造了多少悲剧。

长乐先生：

在巴比伦花园那道因历经战火摧毁而残破不堪的墙上刻着一首诗：

多谢命运对我的宠爱和诅咒
我已不知道我是谁

我不知道我是天使还是魔鬼
　　是强大还是弱小
　　是英雄还是无赖
　　如果你以人类的名义把我毁灭
　　我只会无奈地叩谢命运对我的眷顾

　　在伊拉克战争中,"凤凰"把这首诗做成了一个一分多钟的短片。一边是阿拉伯古老的民居和文化,一边是美军轰鸣的战机、军舰和滚滚推进的大军,巨大的时空落差和强烈的环境对比,让人对战争与生命产生了无数的困惑、无奈与疑问。直到战争结束,盘旋在他们心头的,还是那些隆隆战机掠过古老的阿拉伯土地和阿拉伯人头顶的强烈震撼。在这里,我们不仅看到安拉的子民在默默承担命运的"眷顾",像荒漠一样忍受世代的苦难,也看到战争无法战胜时间的荒唐;战争既有正义的因素,也有残酷的株连。许多观众来信说,这个短片直刺人心,催人泪下,甚至比对战争的直播还有力量。

　　当今世界上,那些把矛盾、对抗、冲突不断推向高峰的生化武器、航空母舰、洲际导弹之类,足以毁灭地球的高科技武器,不就是人类私欲膨胀的结果吗?

　　对于我的爱国、"凤凰"的爱国,国外曾经有一些议论,说我们是民族主义者。我们知道,虽然"民族主义"是贬义的字眼,即使在美国国内,爱国主义与民族主义也总是不分你我。"凤凰"人的爱国主义也是多元的。我们不是文化自我中心主义者,也不认为自己是上帝的代言人,负有"领导"世界、"拯救"世界的责任,我们既热爱自己的国家,又尊重其他国家人民的民族感情。

星云大师:
　　其实爱不爱国,不是智力测验,不是评定什么的标准,也不是斗一时之意气,更不是战争的借口。爱国,就是我和我的祖国的关系吗?或许关系好,我就大声说自己爱国;关系不好,一气之下,我说我不爱国了。但不爱国又能怎样呢？我可以摆脱一个中国人的身份吗？背井离乡或者离家出走的孩子，就表示他真的不爱自己的父母吗？

长乐先生：
中国社会是封闭得太久了。在漫长的封建历史进程中，我们的血脉里其实已经浸渍了很多难以摆脱的封建意识。虽然五四运动以来，中国把"四书五经"等先人留下的印迹当成了自我挣扎时的发泄对象，却忽略了封建意识在我们心里根深蒂固的影响。

当我们回头看的时候，每一个在中国长时间生活的人，都能体会到进步和发展的沉甸甸的分量。

星云大师：
世界大同要全民和谐，自己本身要有力量。现在中国人才济济，中国人的智慧已经为全世界所赞叹，只要再加把劲，成为世界的强国，有了力量，想要和平、和谐、慈悲喜舍……也就有办法了。

长乐先生：
作为传媒人，我理解的爱国，首先得有良知，这是从业的基本和根本。良知是一种天赋的道德观念，又可归为"三知"，就是知耻、知愧、知恩。有羞耻心，人就知道什么该做，什么不该做；能知愧，知过即改，善莫大焉；知恩，则能"滴水之恩，涌泉相报"，是一种品性的证明。良知决定你走的方向，还会决定你走多远。

不能圆融人我关系，是最大悲哀

星云大师:

　　社会上大多数的人，往往把宗教信仰视为求取荣华富贵的敲门砖，以为祭拜神明，就可以高官厚禄、事事顺心，不知道求财有求财的因果，信仰有信仰的因果，不可混淆不清。

　　比如，有位年轻人热衷于事业，一心想发大财。他听说王爷很灵验，天刚亮就兴冲冲地骑着刚买来的摩托车到王爷庙烧香祈愿。顶礼后他匆忙地跨上车，风驰电掣，路上突然出现了一块石墩，躲闪不及，当场毙命了。青年的父亲悲愤交集，怒气冲冲地到了庙宇，指着王爷神像破口大骂："我的儿子虔诚地祭拜你，你却令他命丧黄泉，今天我非打烂你的神像，拆毁你的神座不可！"

　　庙祝忙上前劝阻："老先生，请不要愤慨，王爷感动于令郎的虔诚，也曾想救护他。可是令郎骑着'野狼125'摩托车调头就走，速度太快了，任凭王爷骑白马如何追赶都望尘莫及呀！"

　　你看，这位年轻人不是不认真，很早就出门了，怕在路上耽误时间，车也骑得很快。但是他的方法不对。为什么？因为他满脑袋都是发财的念头，心思浮躁，结果发生了车祸。因此，不明白因果，不仅容易徒劳无功，而且即便一时有所得，也会留下严重的祸患。

长乐先生：

是啊。做什么事情都要有先有后，知道什么是因，什么是果，才能有个究竟。佛法中也有这一条："不悟性德而修顽福，便成魔业。"

星云大师：

世间的一切都离不开因果法则，善恶好坏、吉凶祸福都是其来有自，如能明白因果，知道人生的究竟、本末，便能不怨天尤人，自在生活。反之，不能认清世间实相，不能明白因果道理，不能圆融人我关系，不能了知众生同体，这也是人生最大的悲哀。

财富会空，真空能生妙有

星云大师：

有人问我，创建佛教事业成功的秘诀是什么？我说，利用每一天的零碎时间，用心思考。"韶光易逝，岁月荏苒"，光阴是最无情的，你稍不留意，它已消逝得无影无踪。常常会有人称赞那些有钱人："哎，你好有福报啊！"其实，福报就像银行里的存款，即使数量再多，如果只取不存，也终会有用完的一天。所以，人人都应努力勤奋，否则懒懒懈怠，即使财神爷把宝物送来，也会因为懒得开门，而错失得到财富的机会。

在佛经上，有一个譬喻：一个男人很有福气，祖先留给他很多的家产，结果他养成了好吃懒做的习惯，就连吃饭也要太太来喂。有一天太太有急事回娘家，临走前做了一个大饼套在他的脖子上，告诉他：饿的时候，张口吃就可了。等太太回来，发现丈夫已经饿死了。原来他只吃掉了嘴边的饼，其余需要费点力气转动才能吃到的，却一点也没动。

还有一个有关富翁的故事。这个富翁养了几个好吃懒做的儿子。他临死前把儿子们叫到床前说："我在屋后的田里埋了几瓮银子，你们可以挖出来用了。"富翁一咽气，几个儿子立刻拿锄头去田地里寻找银瓮。从早到晚，几十顷的田地都挖透了，却没挖到银子。第三天、第四天，他们又从头到尾挖了几遍，仍然一无所获。几个人垂头丧气，恨声不绝。看着播种季节已到，他们无可奈何地往地里撒上了粮籽。想不到，这年四乡八镇都闹歉收，唯独富翁家田里的禾粮长得又高又壮。原来，田地翻了多次，利于秧苗生长。这时候他们才知道，父亲并没有骗他们，土地本身即是金银，财富就掌握在自己手中。此后兄弟几个年年翻土耕种不遗余力，家道也更加富裕了。

长乐先生：
这两种结局说明了，懒惰懈怠是财富的天敌，如果能够改换心性，勤勉持家，财富终会像雪球一样越滚越大。

星云大师：
还有一个也是牵涉财富的故事。

有一天，一位信徒向一休禅师告辞："师父，我不想活了，我要自杀。我经商失败，无法应付债主们逼债，只有一死了之啊！"

"难道就没有别的路了吗？"

"没有了！我已经山穷水尽了，家里只剩下一个幼小的女儿。"

禅师说："我有办法帮你解决，只要你把女儿嫁给我。"

信徒大惊失色："这……这……这简直是开玩笑！您是我师父啊！"

禅师挥挥手说："你赶快回去宣布这件事，迎亲那天我就到你家里，做你的女婿。"

这位信徒素来虔信一休禅师，只好照办。迎亲那天，看热闹的人把信徒家里挤得水泄不通。

一休禅师安步当车抵达后，只吩咐在门口摆一张桌子，上置文房四宝，围观的人更觉稀奇，一个个屏气凝神准备看好戏。一休禅师安安稳稳坐下来，轻松自在地写起书法，一会儿工夫就摆了一桌的楹联书画。大家看一休禅师的字写得好，争相欣赏，反而忘了今天到底来做什么。结果，禅师的字画不到一刻钟就被抢购一空，钱堆成小山一样高。

禅师问这位信徒说："这些钱够还债了吗？"

信徒欢喜得连连叩首："够了！师父您真是神通广大！"

一休禅师轻拂长袖说："好啦！问题解决了，我也不做你女婿了，还是做你的师父吧！"

长乐先生:
万变不离其宗，这也是"真空生妙有"的道理吧。

星云大师:
所以，我常常讲，这个世界上没有什么问题是不能解决的，有佛法就有办法，只要肯静下心来，定下神来，倾听自己的心，懂得因缘际会的妙用，一切就会变得美好起来。

迷惑时的判断：止于至善

长乐先生：

儒家讲过：" 知止而后有定，定而后能静，静而后能安，安而后能虑，虑而后能得。"由此可以看出，"定"是有前提的，这是一个很重要的概念。恐怕也是很多现代人产生迷惑的原因。

到哪里为止呢？是不是一看到别人设围墙，我们就失望离去呢？是不是一看到拒绝的面孔，我们就唯恐避之不及呢？是不是永远要用别人的标准来衡量自己？是不是别人做不了的事情我们也无能为力呢？怎样而止，我们才不会自缚手足，或者无法无天？怎样而止，我们才能既保持快速发展，又保持社会公平、人心趋安？可见，如何知止，是个大命题。

说回我们媒体自己。是不是看见人家关上大门，我们的记者就要调头回撤呢？是不是人家端来两碗热茶、塞上一个红包，我们就把挖掘黑幕的事情抛到脑后呢？是不是一封锁现场，我们就只好作壁上观呢？对于当今中国新闻媒体，这是很现实的问题。如果我们的每一次采访都要见"止"就"止"的话，可能永远无法看到真相，那要我们媒体何用？

迷惑时怎么判断下一步呢？儒家教给我们一个非常重要的行为准则：止于至善。就是说，你要判断一下，你在做的这件事究竟有什么意义，目的是不是纯善，方法是不是合乎人道。如果你以善良的心做事，就一定能判断出这些行为的后果：你要做的是对公众有帮助的事情，还是利用工作之便，利用手中的"武器"，破坏社会秩序，损害别人的生活和健康。

星云大师:

人在迷惑的时候，往往会有许多心结打不开，这通常都是因为自己钻牛角尖，固执己见，听不进别人的逆耳忠言所致。所以当我们遭遇不顺、陷入烦恼的时候，无论迷惑、愚痴或邪见，只要不执着，就有办法化解。所谓"穷则变，变则通"，能够不断寻求解决之道，就会有所觉悟，有了觉悟就会有受用，此即"迷中不执着，悟中有受用"。

叁·若水

水,下落成瀑,腾飞入云。滴水穿石,真水无香。水有一种精神,悲悯填谷,昂扬入云。它至柔能曲折,至盈可飘逸,至刚成冰雪;水也是一种作为,清澈自然,滋润万物,滴水藏海。

月光如水,一泻千里。平常一样窗前月,才有梅花便不同。

当提起时提起，当放下时放下

长乐先生：

禅宗有首偈语："平常一样窗前月，才有梅花便不同。"这本来是写顿悟的感受的，但是在普通人看来，这也是得到功名、财富的人，一夜之间的转变。的确，在当前这个新经济时代，十年寒窗一夜暴富的例子比比皆是。那么，这个让普通人看来那么美好，那么值得追求的功名和财富，在大师您看来，到底有什么特别之处呢？

星云大师：

事实上，凡事有因有果，世间没有不劳而获的道理，即使中奖了，发财梦实现了，也要有福报才能消受。我们希求财富，但财富不会从天上掉下来。

现在的社会流行"乐透"彩券，不少人都希望自己能奇迹似的中了"乐透"，一夕致富。其实，"乐透"的背后不一定都是好的，一种彩券的发行，并非"几家欢乐几家愁"，而是"少数欢喜多家愁"。即使真正中奖了，也难免会担心税金多缴，害怕邻居觊觎，唯恐"不乐透"的人来找麻烦。所以"乐透生悲"是必然的结果。

话说有一个乞丐，省吃俭用后买来一张奖券，结果居然幸运地中了特奖。他欣喜之余把奖券塞在平时片刻不离手的一根拐棍里。一日走过一条大江，想到一旦领了奖金，就可以永远摆脱贫穷，再也用不着这根拐棍了，于是随手把拐棍往江心一丢。回到家，忽然想起，奖券还在拐棍上，一场发财梦正好应验了"荣华总是三更梦，富贵还同九月霜"的谚语。所以，想要收获，先要播种，想要发财，还是要脚踏实地努力工作。

佛陀终其一生，就是要对我们讲清这样一个道理：人间本来可以是天堂，可以享受美满长乐的生活，由于人们总是心系得失，不能抛弃你我的分别，总是太喜欢自作聪明，所以总也不能拨云见日，明心见性，结果这个世界就一直鱼龙混杂，难成正果。

一个人如果内心整天装满了阴谋、贪欲和愚痴，那即使他满身名牌，坐拥万顷，重权在握，又能得到谁的真心爱戴和尊重呢？一个慈悲而公正的人，即使他衣着简单，也不会减少别人对他的倾慕；因为内在的美，德行的美，是可以直抵人心的，这样的美就如空谷幽兰，自然高贵。所以，我们内心的净化才是最重要的。它不仅可以为我们赢得尊重，还可以护佑我们脱离困厄，转危为安。

长乐先生：
吃饭使我们有足够的能量，喝汤可以调养我们的气脉，睡觉可以恢复我们的精神，运动使我们的肌肉更健壮。但是，现实中常常会为了吃饭追求口味而忽视了营养的合理搭配；为了达到什么标准而练习过度损伤身体；高科技的发明是为了提高人类的生存质量，但又会有人把高科技产品当作满足自己非法欲望的暗器装备。

星云大师：
这就是本末倒置，所以凡事要务本，不能以轻为重，以重为轻，做人处世也是一样的道理。

长乐先生：
从追逐立足之地，到追逐财富，追逐权势，这样仿佛具有惯性的徒劳过程几乎要伴随一生。即使明白了一些道理的人，也未必能真正做到"放下"。

星云大师：
关键在于放下什么，怎么放下。选择哪些是要放下的，哪些是要坚守的。光是提起，太多的拖累，非常辛苦；光是放下，要用的时候，就会感到不便。所以，做人要当提起时提起，当放下时放下。对于功名富贵放不下，生命就在功名富贵里耗费；对于悲欢离合放不下，生命就在悲欢离合里挣扎；对于金钱放不下，名位放不下，人情放不下，生命就在金钱、名位、人情里打滚；甚至对是非放不下，对得失放不下，对善恶放不下，生命就在是非、善恶、得失里面，不得安宁。

只要自觉心安，东西南北都好

星云大师：

有一次，赵州禅师和弟子文偃禅师打赌，谁能够把自己比喻成最下贱的东西，谁就胜利。

赵州禅师说："我是一头驴子。"

文偃禅师接着说："我是驴子的屁股。"

赵州禅师又说："我是屁股中的粪。"

文偃禅师不落后说："我是粪里的蛆。"

赵州禅师无法再比喻下去，反问说："你在粪中做什么？"

文偃禅师回答："我在避暑乘凉啊！"

长乐先生：

我们认为最污秽的地方，禅师却能逍遥自在。看来这世界上的任何地方都有可能是空净之地，只要我们的心灵具足"出淤泥而不染"的功力。

星云大师：

对。自然界本来就没有净秽、美丑之分，这些分别都是我们自己的主观好恶所产生出来的。

明朝开国君主朱元璋，小时候曾在皇觉寺当沙弥。相传有一次朱元璋外出，回寺时夜深门闭，只好在寺外席地而睡。他望着夜空满天星斗，兴之所至，吟了一首诗："天为罗帐地为毡，日月星辰伴我眠。夜间不敢长伸足，恐怕踏破海底天。"由此可以看出他的胸襟和气魄。虽是席地而卧，大志者胸中有的是"十方法界在我心"的旷达；而一个心量狭小又不满现实的人，即使住在摩天大楼里，也会感到事事不称意。

所以，做人要先扩大自己的心胸，那么对于生活的点滴小事，不论衣食住行、待人接物、休闲独处，每一个时辰，每一个地方，都会感到称心如意，生活愉快。慈航法师曾说："只要自觉心安，东西南北都好。"但凡如此，宇宙之间，又有何处不是极乐世界呢？

长乐先生：

不过，生活在现世的人们，似乎总是不大容易找到这种舒畅旷达的心境。俗话说，家家有本难念的经。很多人都在抱怨，生活环境太差，办事效率太低，挣钱太难，不受重视，总之总是得不到自己最满意的东西。

星云大师：

有人说世间充满忧悲苦恼，因为娑婆世界本来就是堪忍的世界。什么是最大的痛苦呢？有人说是饥饿，有人说是情爱，其实真正的烦恼痛苦是欲望。譬如我们对于钱财、美色、权力、名位的欲望不满足时，就会生起烦恼。不过，欲望也不全然是恶俗的，也有善法欲，例如发愤读书的求知欲，为国为民牺牲奉献的领袖欲，等等。人生是活在欲望里，欲海不可怕，可怕的是在欲海里没顶。所以，我们应该以智化情、以行善法欲而离烦恼欲。

长乐先生：

那么，为什么人会翻手为云，覆手为雨呢？为什么有人会为这个世界的进步抛头颅，洒热血，奉献自己的一切；有时候又视天下为异己，甚至不惜荼毒生灵呢？这种巨大的反差来自哪里呢？

星云大师:

这世界凡事都是一分为二,一半一半。男人一半,女人一半;好人一半,坏人一半;白天一半,夜晚一半。在这个"一半一半"的世界里,想要求得百分之百的圆满,几乎是不可能,也不容易。所以我们只有从这一半的人生,来影响另一半,用好的一半去影响坏的一半。

在人群中实现使命

长乐先生：

我常常想，世界上什么事情最难？挑战自己最难。世界上什么东西最可怕？自身的惰性最可怕。因为这两种东西就像捆扎住婴儿的长布条，不撕破它，你就永远不能长成顶天立地的人。

星云大师：

能把自己的理想变成现实的人，一定不缺少责任感和使命感。他们一定能意识到，虽然这个世界有许多人，我只是人群中的一分子，但是，我要在人群中实现使命。这个使命是什么呢？就是所谓"国家兴亡，匹夫有责""先天下之忧而忧，后天下之乐而乐"。有了责任感，就会懂得"利他"；有了使命感，就会勇于担当。不肯负责任的人，再如何虚张声势，也只是弱者；肯负责任的人才有被尊敬的资格。

长乐先生：

前不久，一家国际基金会评选"世界新七大奇迹"，揭幕前几天，据悉中国长城的投票数已跌出七强。而中国大陆有关方面称，对此事不支持也不反对。当时，中国长城协会心急火燎地向"凤凰"求助，我们听了，觉得无论什么机构评选，只要事关全球华人的情怀寄托，就不能袖手旁观。于是我们出资跟踪转播，在投票终止前48小时内向全球华人发出密集信息，我们的长城在48小时之内，顷刻多出1300万张选票。而我眼前闪现的，是无数双黄皮肤的手臂，在护送我们的精神长城。"新七大奇迹"揭幕那天，有6万多人到场，入围提名的21个景点中，有20个国家和地区的代表在摇旗呐喊，各国的旅游部长、文化部长也都亲临现场，面对这个轰轰烈烈的场面，我却感到一种深深的悲凉：中国人到场的不足10人，见证辉煌的华人媒体也只有"凤凰"。事后我在一次演讲中说，对我们华人共同的事业，希望大家多些理解与沟通，希望我们从此不再孤独。

星云大师：

为了自己钟爱的文化，奉献一切都在所不惜，这就是佛教中的慈悲喜舍精神。几十年来，我个人一直在朝着这个方向努力。我很喜欢佛教的文化事业，过去自己写文章，出版书籍，曾以这些所得买过一栋精美的房子，住在里面，读书写作倒也逍遥自在。后来我把房子卖了，用这150万元买了一座荒山，开始创建佛光山。我的人生虽然一无所有，但是内心却非常富足，生活也充满法乐。

所以，一个人如果能从小我中破茧而出，化小我的人间为大我的人间，便会感受到这种无我的人生更有意义，生活更加快乐。

中国的禅学进入世界的视野

长乐先生：

科学家沃克曾在他的著作中自问自答：能握住"禅"的那个把手在哪里？答案只有两个字："去做"。抓住"去做"这个把手，你就能抓住禅，带着禅到任何想去的地方。我们把它握在手掌心，用我们闪耀着悟性光芒的眼睛去看，去做，困惑会慢慢消失，而答案就会到来。

星云大师：

所谓禅，往雅处说，就是"万古长空，一朝风月"；往俗处说，就是"与众生同一鼻孔出气"。佛法禅意不向高远的地方追求，而在天真自然拙朴的这颗"平常心"中体证。生活中有了禅，可以把我们的烦恼妄想止于无形；一句难堪的言语、一个尴尬的动作、一段不悦的往事，在禅的洒脱、幽默、勘破、逍遥之中，都会烟消云散。

著名的哲学家方东美博士，平素喜爱游泳。有一次游泳时他忽然感觉身子在下沉。出于求生的本能，他拼命挣扎，但是愈挣扎愈沉得快。这时他平静一想：我是个哲学家，对于生死应该看开才是，如此贪生怕死的样子太难看了，死也要死得洒脱一点啊！如此一想，心情轻松许多，四肢也自然放松，结果反倒浮出水面而生还。

世间无常，要世界不改变是不可能的，只要自己的心不随外境改变就好；世间的人我是非，好坏有无，纷纭扰攘，要改变很难，只有改变自己才是最好的办法。所以，我平常喜欢跟信徒讲"小狗汪汪叫"的故事：有一个青年新婚不久，逢人就说结婚真好，因为每天下班回到家，妻子就忙着帮他拿拖鞋，小狗也亲热地围着他汪汪叫。三年后情况改变了，每天回到家，不是妻子帮他拿拖鞋，是小狗为他叼拖鞋；不是小狗围着他汪汪叫，而是妻子对他唠叨不停。他感到极为苦闷，就到寺院请教。法师听完他的倾诉后，说："很好啊，你应该继续快乐才对，你的生活还是一样有拖鞋穿，一样有声音叫，你的生活并没有改变。再说，不管环境怎么改变，只要你的心不变就好了。"

长乐先生：

哲学家、神学家、神经学科学家、心理学家及物理学家都在企图解释"意识"——像大脑这么一小块物质，如何创造出感知能力？美国"意识科学"的开拓者沃克博士在他的著作《布罗卡哪里去了》里写道："神经学权威布罗卡的脑子，漂浮在福尔马林瓶中，他的心灵，却没有人知道去了哪里。"

中国的佛学、禅学已经进入了世界级科学家、哲学家、管理学家的视野，并得到了深入的研究。一些中国、日本、美国学者已把佛教管理学思想具体运用于现代发展理论，更有许多企业家已把禅学的思想与智慧积极付诸管理实践。

星云大师：

近年来，现代管理学出现了与中国传统文化相结合的趋势，不少东西方学者发现儒释道诸家学说中，蕴含着微妙的管理哲学，于是，出现了如"从《三国演义》看管理""企业禅"，《古代帝王学》《庄子与现代管理》《心经与现代管理》等论题与书籍。许多领导人和管理学专家，纷纷投注员工的潜能开发，重视员工的道德观念、忠诚度、稳定性、抗压性和群我关系等等。在这方面，宗教提供了丰富的资源。

一天保有十分钟的宁静

长乐先生：

据说慧能祖师当时作那首"菩提本无树"诗的时候并不识字，是他自己口述，别人代笔的。但是他却赢得了这个祖师的位子。

星云大师：

所谓"心行处灭，言语道断"，禅宗讲究参悟，完全是心的体悟，是心对真理的响应。所以禅门有"不立文字，教外别传，直指人心，见性成佛"之说。古今的禅门公案皆是禅师考验或印证弟子悟道的对答，其实这种对答，就是一般人所谓的"考试"。不同的是，它是随各人的根性、时间、地点而变化，它没有明确划一的标准答案，也不是从思考理解得来的。所以，如果不是禅门的师徒，有时候很难明白其中的道理所在。禅宗讲究参悟，完全是心的体悟，是心对真理的响应。

长乐先生：

这让我想起印度"圣雄"甘地，他一生中很多时间都是在牢狱中度过的，但是，他却在困境中保持着内心的宁静、淡泊，即使居危也安稳无惧。

星云大师:

　　历史上许多高僧大德之所以受人尊敬，是在于他们甘于淡泊、不贪安逸、不务奢华。无欲无求，人格自然就高贵了；有了淡泊，心灵也就进入了宁静的世界。不过，所谓"宁静"，并不是指外在的一切运作都停止：飞机不飞，车子不跑，人们不讲话，等等，不是这样的；我们不必抹杀外在的一切声音，而要学会在喧闹中沉入内心的空寂境界，即使在热闹场所，心灵仍然澄澈灵明，丝毫不为所染。如此，在心灵的宁静和庄严下，道德可以完成，人格也可以升华。

　　当我们在蔚蓝的长空下静静独处的时候，宇宙是那么广阔，自然是那么静谧安详；当我们一卷在握，徜徉经卷之中时，上下古今，多少英雄豪杰与我们对语，风流千古，一切尽在心里，如此任意畅游在太虚之中，你能说我们不富有吗？生而为人，还有比这样的境遇更美好的吗？

　　所以，一天当中，我们起码应该保有十分钟的宁静，让精神有喘一口气的闲暇，有一个可以让阳光照进来的间隙。佛光山的丛林学院为什么规定每周放假一天？就是为了让学生有自己的生活，体会宁静的乐趣。所以我想，在一年当中，都市里的人们至少要有一个月的安静生活。否则，长期陷入浮躁、动荡、嘈杂的生活中，人们会迷失方向、不辨是非，被人趁乱牵着鼻子走。而沉静下来以后，才能真正面对问题，与自己对望，与佛与天地与古今圣贤交谈，才能最终达到"身心安泰"的平安境界。

为凶手立一块祭奠的石头

星云大师：

许多国家与国家战争、种族与种族仇视、宗教与宗教排拒，都是来自仇恨的情结。仇恨让心如热火炉，让人备受煎熬；仇恨有如身上刺，让人如坐针毡。冤冤相报何时了，苦苦相逼何时消？只有布施宽恕与谅解，将仇恨融化，彼此才能和谐共存，让心出狱，获得解脱自在。

人生最大的美德是宽恕，不能宽恕他人，便无法获得别人的宽恕。当有人怨恨我，跟我产生敌意的时候，要布施宽恕与谅解，不要太计较，不要太执着，尤其不能让仇恨一直在心里发酵，否则最终受害的是自己。

长乐先生：

美国人民有一个阵亡将士纪念日，源自1868年祭奠美国南北内战双方战死的60万人。当时，很多南方妇女在春天到阵亡战士的墓前献花，不分南方人和北方人，这种举动感动了全国。

1991年，中国留学生卢刚在美国艾奥瓦大学射杀6人。事后遇难者安妮女士的悲伤的三兄弟给卢刚家人致信："安妮相信爱和宽恕。此刻如果有一个家庭正承受比我们更沉重的悲痛的话，那就是你们一家。我们想让你们知道，我们与你们分担这一份悲痛……"

2007年5月的弗吉尼亚校园枪击案里，韩裔凶手赵承熙连同被射杀的32

个无辜生命一起在那片宽阔的绿地上受到祭奠。发起这个行动的，是一个美国女生。尽管存在争议，豁达的美国人民还是接受了女生的做法，最终原谅了赵承熙。没有人去毁坏代表赵承熙的第三十三块石头，同学们还在他的墓碑上留下自己的纸片："你没能得到必要的帮助，我们感到非常悲哀。希望你的家人能得到安慰并尽快恢复平静。""今后如果看到像你一样的孩子，我会对他伸出双手，给予他勇气和力量，让他的人生变得更好。"

星云大师：

佛教里有超度法事，为天灾人祸、事故战争中的死难者超度，这也是佛法对于生灵最深切的悲悯。祭祀亡者，也是抚慰生者。和佛陀同时代的提婆达多，本为佛陀的弟子，也是佛陀的堂兄弟。但是他一直心存不轨，三番五次想陷害佛陀。他有时派人去行刺佛陀，有时驱遣恶象想踏死佛陀，还曾命人埋伏在路上，推下巨石企图把佛陀压死。但是佛陀却不计较，甚至告诫弟子说："你们要多尊敬提婆达多，他是我的善知识，我们因他而更坚强，我们因他而更能发扬佛道，他是我们推展佛法的逆增上缘。"

没有黑暗，就显不出光明的可贵；没有罪恶，就显不出善美的价值；没有作恶多端的人，就显不出好人的值得尊敬；没有非道德的行为，就显不出道德的崇高。有道德的人，不仅爱他亲近的人，甚至陷害他的人，也一样地爱护。佛陀的感情，是将慈悲推广到爱他的仇敌，佛陀的感情是无限无私的慈悲。

上与君王同坐,下与乞丐同行

长乐先生:

在生活中我们常常发现,越是德高望重的人,越是懂得谦卑。似乎从前的禅门都是深山自修,不拜皇帝的。

星云大师:

以前的出家人的确是"上与君王同坐,下与乞丐同行"。与君王同坐,是因为出家人具有尊贵的德行,能得到君王的爱戴;与乞丐同行,是因为明白"心佛众生无差别",即便是乞丐,出家人都能够以谦卑的态度去纳受他们。

在泰国,只要出家披上袈裟,即使是国王将相,也要对其顶礼致敬;同样,地位尊贵如僧皇的出家人,只要脱去袈裟,也就跟平民一样了。出家为僧,为人天师范,自有其值得礼敬之处。

印度比丘[①]以乞食为生,即是要出家人从与众生接近之中,培养谦卑的美德。平常我们至诚礼佛,把尊贵的头匍匐在地上,以双手承接佛陀的双脚,也是要去除我慢贡高,养成谦卑的个性。

[①] 比丘,梵语bhiksu的音译,一般意译为"乞士",俗称"和尚"。佛家指年满二十岁,受过具足戒的男性出家人。

长乐先生:

孟子说:"自暴者,不可与有言也;自弃者,不可与有为也。"一个暴躁的人,不可和他讲道理;一个自卑的人,不可与他共事。儒家说培养浩然之气,是要从谦卑中养成自尊;因为谦虚不是畏怯退缩,不是卑微谄媚,更不是自暴自弃。

星云大师:

如果能把暴躁的脾气改成柔和,把孤僻的性情改成随缘,命运一定随之改观。现在医学发达,有人得了心脏病,换个心脏,仍然生龙活虎,充满活力。我们的肉团心坏了,固然要动手术换掉,智能妙心坏了更应该更换。只有把坏心换成好心,把邪心换成正心,才能延续生命,常葆健康。

改性换心是改变命运的药方,回头转身更是创造命运的良剂。人间有许多的纷争、痛苦、遗憾,皆起因于不知回头。平时我们只知道向前挤进,甚至把自己赶入烦恼的牛角尖而浑然不觉。其实,凡事还是要留个转身的余地,遇到难题了,回头退一步想一想,这时候,我们眼前的世界可能就会宽广辽阔起来。

社会人士有社会人士的节操,佛教徒也有佛教徒的"有所为"和"有所不为"。不管什么人,他的节操必定是建立在健全的人格和自尊之上的。唯有自尊的人才懂得尊敬别人;唯有自尊的人,才不会侵犯别人,做出令人不齿的事情;因为高贵的人格和严谨的自律,都源于自尊的心。

长乐先生:

某位西方哲学家说过,一个人如果骄傲,即使身为天使,也会沦为魔鬼;如果谦卑,虽是凡人,也会成为圣贤。

星云大师：

为什么要谦卑？因为我们没有什么可骄傲的；为什么要自尊？因为我们没有什么可怯懦的。一个伟大的人物，一定是谦卑的；不成熟的人，才会趾高气扬，我慢贡高。

肆·度己

求人不如求己，自省方能自强。反求诸己，自信信人，自尊尊人，自达达人。

磅礴的力量哪里来？寻找专业主义激情的道路，走进一种"问道禅"的境界。

若人欲拿金碧峰，除非铁链锁虚空。虚空若能锁得住，再来拿我金碧峰。

每天讲三句赞美的话

长乐先生：

人们不是常常讲吗，做一件好事很容易，难的是年年做好事，月月做好事，天天做好事，不做坏事。这就是说，贵在坚持。职业精神也是如此。为了表彰我的员工这么勤奋努力，我就对自己承诺，无论多忙，每天必须对他们讲三句赞美的话。现在我一直都在坚持。这个让他们高兴，我自己也很开心。

星云大师：

世界上没有比欢喜更宝贵的东西，有时我们用再多的金钱、物资送给别人，别人未必很欢喜。不如给人一个笑容，给人几句赞美的话，用欢喜心结缘，不但不需要付出辛苦代价，而且会有很大的收获。所以，给人一些欢喜、给人一句赞美、给人一点安慰，乃至给人一点希望、给人一点祝福，都是十分美好的事情。

长乐先生：

1995年，美国哈佛大学心理学教授丹尼尔·戈尔曼提出了"情商"（EQ）的概念，认为"情商"是每个个体的重要生存能力，是一种发掘情感潜能、运用情感能力、影响生活各个层面和人生未来的关键品质因素。他认为，在人成功的要素中，智力因素是重要的，但更为重要的是情感因素。在美国，人们流行一句话："智商（IQ）决定录用，情商（EQ）决定提升。"事实上，IQ和EQ都很重要。

还有一个人类学调查的例子：一个针对世界500强的大企业里排名前100和排名100后的CEO做的EQ的调查显示，这些人在智商、知识层次没有什么差别，真正的差别在激情方面。前者的EQ明显高于后者。心理学研究还证明，创造力与智商并不成正比，智商明显高于他人的人，创造力不一定强。相反，一个智商中等，善于自我激励、有强烈进取心的人，可能拥有很强的创造力。

曾经有一位外国媒体的朋友问我，中国有几百个电视媒体，为什么你能做得这么好？我说因为我是中国人，我熟知中国的一切。他说，但是我看到其他的人也是中国人，对中国也很了解。我说，我既是股东，又是管理者，我还是一个干了多年记者的媒体人，更重要的是，我是一个对这个行业充满了激情的人。他说，噢，那这样的人就比较难找了。

持久热情，才能耐得住寂寞（或热爱、敬畏到忘我是唯一途径）

星云大师：

能够胸怀大志，热情奋发，并且按部就班地向目标前进，必定会有非凡的成就。有人调侃我，说我已经退位了，犹四处云游弘法，野心实在太大。其实，此言差矣。出家人本来就应该有"弘扬佛法遍天下，普度众生满人间"的慈悲，这不是野心，而是一种难行能行的愿心啊。人生在世，若能时时以这种心甘情愿的态度来实现理想，必能有苦时不觉苦，有难时不觉难，一切困境自可迎刃而解，而无事不办，无愿不成。

此外，也常有人问我："是什么力量，使您在这么多的横逆阻难下，还能屡挫屡起，永不灰心？"我想，这与我生来容易感动的性格有着密切的关系。由于我很容易被一个人、一件事所深深感动，所以，有了感动，就能心甘情愿；有了感动，就能不怨不悔。尤其，从事推动佛教文化和佛教教育的人，更要具有永不消失的热情，才能耐得住寂寞。

长乐先生：

在我看来，用蕴含无限创造力的职业精神来换取工作成就，是年轻人成长的最好途径。因为，专业主义的核心是全力承担社会责任的生命境界，是超越物欲的一种追求，是人格和人性的真善美在职业生涯中的体现。

我觉得，要想把公司里的员工变成您所说的高觉悟员工，带头人的示范作用很重要。老板勤劳诚信，没有杂念忌讳，尽职尽责，恪守公平，企业员工也会任劳任怨、诚实坦荡，因为这里有他自由发展的广阔空间，这空间是不用扭曲自己换取的。

星云大师：
孔子说："其身正，不令而行；其身不正，虽令不从。"身为一个领导人，要言行一致。如果领导者只知要求属下，自己却与所言相违背，则下位者必不服之。再者，如果领导者操守不良，下位者必投其所好，甚至依循而行，所以领袖必须以德行服人，以身教服众。领导者要率先做模范，且言出必行，如此无须颁布法令，属下也能努力于岗位上。

中国人向来有"宁为鸡首，不为牛后"之说，说明人性里大都希望领导别人，而不喜欢被人领导。但是，一个本身无能力又不肯接受别人领导的人，反而是团体进步的绊脚石。所以，做人既要懂得领导别人，也要乐于被人领导。身为一位领导者，能够时时心系大众，怀着"为大众"的心情，才能使大众心悦诚服，尽忠职守。

长乐先生：
据说禅师们常常将弟子逼到某个领域的死角，然后要他们各觅生路。用披荆斩棘的启发式管理，让员工跳出窠臼，不落入被制度牵着鼻子走的困境，而是学会用发自内心的激情、创造力和智慧来工作，另辟蹊径，独立承担，自我追寻，自我完成，这的确是禅学值得借鉴的精要所在。

星云大师：
是啊，将弟子逼到死角，然后要他们觅出生路，这是禅门教学法的一种。有一个故事可以说明：从前有父子两人，同是小偷，有一天，父亲带着儿子去作案，到那里之后，父亲故意把儿子关在人家衣橱内，随后就大喊捉贼，自个儿却逃走了。儿子在情急之下，伪装老鼠的叫声，才骗过了那家的主人。他逃出来见着父亲的时候，一直不停地抱怨。父亲告诉他："这是训练你的机智，看你应变的能力，这种应变能力必须你自己掌握，别人是帮不上忙的。"

长乐先生：
　　不久前，我在北京看台湾林怀民先生"云门舞集"团队的"水月"演出，当广播说完注意事项、大幕拉启约1分钟后，林先生突然决定合幕，缘由是台下依然有人摄像、嘈杂，开场气氛不好。等到幕布重启时，台下果然鸦雀无声，70分钟的演出里，大家也始终遵守着"演出中不鼓掌"的规则，将掌声留到最后谢幕时。我感到，人是可以接受熏陶改变的，大家随演员进入"水月"情境中，才明白这样的全场融入和配合多么重要。舞台上我看到的不只是专业的精神，还包含着一种仪式感和宗教感。我想不论哪个年代、什么职业、何种手法，要想成就一番业绩，热爱、敬畏到忘我或许是唯一途径。

一切阻碍都是线索，所有陷阱都是路径

星云大师：

禅宗有这样的公案：有人问赵州禅师："什么是禅法？"回答："去洗碗。"又有人问他："什么是禅法？"回答："去扫地。"学生不满意地责问："难道洗碗扫地以外，就没有别的禅法了吗？"赵州禅师不客气地说道："除了洗碗扫地，我不知道另外还有什么禅法。"

另一则公案是这样，有源律师请教大珠慧海禅师道："如何秘密用功？"

大珠禅师道："饥时吃饭，困时睡觉。"

有源律师不解地说道："那岂不是天下每人都在修行？"

大珠禅师道："不同！别人吃饭，挑肥拣瘦，千般计较；别人睡觉，胡思乱想，万般苦恼。"

我们现代人的生活，普遍追求感官刺激，以为只有到处外求才有快乐，其实，闭起眼睛来观照禅心，快乐就在我们心里了。

长乐先生：

所以应该学习水的无常之势：滴水穿石，汇流成海；飞跃高崖成落瀑，蒸腾天际作闲云。在水面前，一切阻碍都是线索，所有陷阱都是路径。

星云大师：

只有心包太虚，才能俯仰皆得。

长乐先生：

CNN（美国有线电视新闻网）有一个著名的"失败者和局外人"的理念。他们说："我们是美国广播界的弱势者和局外人，我们为此而自豪。我们与众不同的开端使我们处于竞争的前沿，我们失败不起。严酷的竞争是有利的，它将使我们确保精干、节俭和警醒。"

星云大师：

一个人具有竞争力，就不会被社会淘汰；一个公司具有竞争力，业绩就能蒸蒸日上；一个国家具有竞争力，就能在世界舞台上扬眉吐气。竞争力不是打倒别人、破坏别人，而是自觉、自发、自动地培养自己的实力，尤其是良性的竞争，更是进步的动力。

长乐先生：

几年前有件事使我感触很深。美国国务卿鲍威尔访华时接受凤凰卫视和美国CNN的专访，两个媒体在同一个地点做着采访前的准备。采访计划在下午3点开始，我们中午12点30分就到了。我和阮次山先生都在做功课，默默地想着自己的问题，力图报出一些新东西。摄影队也把器材和灯光调了又调。因为我们把自己摆在弱势的地位，面临着与强势媒体的竞争。但我们听到旁边CNN的人一直在聊天，讨论如何吃饭的问题。我们做完采访已经是下午5点多了，我们仍然没有吃饭，忙着去发稿。专家和学者对我们这次采访给予了高度评价，声称此次专访具有划时代的意义。

CNN是我们所尊敬的、有着很高成就的新闻同行。他们讨论着吃饭的事，也能将采访驾轻就熟地完成。我们不能，我们是弱势者，我们只有努力，才不会输给他们。

有人概括凤凰卫视的精神时说过一句话："这是一个疯子和五百个疯子

的故事。"当然，现在已经有一千个疯子了。我查了一下资料，医学上是这样形容疯子的："精神病患者的俗称。特征是不能自控、自我陶醉，脑中不断重复一些思想或意念，无法停止，或长期情绪高昂，过度活跃，自觉精力过人，对事物反应过敏。"

凤凰卫视有一大群被称作"媒体疯子"的人，他们永远被自己的热情燃烧着，脑海中不停冒出新的创意，他们对重大事件有着不可遏制的"渴望"，他们一走进演播室和拍摄现场就情绪高昂。采访时他们被认为"过度活跃"，一旦有大事发生，他们就兴奋紧张过度，常常会连续工作十几或几十小时，自我陶醉，乐在其中。

星云大师：

有志者，事竟成。时常有人问我："你没有学过建筑，怎么会建房子？你没有读过师范，怎么会办教育？"我告诉他们："我没学过建筑，也没进过师范，但是，从大陆到台湾，又从台湾到世界各国，我走过很多路，见过很多房子，每次我都会注意别人怎么建房子，也常设身处地想过如果我是个建筑师，这栋房子应该如何设计？这块土地应该如何规划得更整齐美观？当我还在学院求学时，我就思考：假如我将来办教育，我将如何计划、实践理想。由于过去的用心，一旦机缘成熟，创建道场、筹办学校，构想早已成竹在胸。"

文化血型与世界华人

长乐先生：

"凤凰"成立十年来，我们一直在进行中华传统文化的"扫盲"工作，试图改变这种文化失序的现状。长期以来，中华文化一直处于被割裂、误读、曲解的状态，四书五经、《二十四史》、佛经等文化典籍都被指为"封建糟粕"，出版社不出版，学校里不教授，整整一代甚至两代人对中华传统的了解是从革命大批判文章中得来的。

凤凰卫视在《世纪大讲堂》《文化大观园》《纵横中国》等节目中，比较系统地介绍了儒学、易经、佛教、道教、中医、甲骨文、京剧、龙凤文化、关公崇拜等中国文化经典，用我们自己的眼睛重新审视祖宗留下的遗产，用自己的手去挑拣其中能触发我们灵感的宝贝，用我们的心去感应千百年前的先贤遗韵和神秘智慧。

拥有文化遗产的人是幸福而且高贵的，历史的惊涛骇浪不能白白淘尽，祖先留下的般若智慧，不能变成我们手里的垃圾或天书。要包容世界，就要先包容自己的国家；包容自己的国家，是因为爱。

星云大师：

爱是最大的包容。爱它，你才懂得它的美、它的好、它的珍贵。爱从哪里来呢？从我们的心。只有随时清洗掉现实利诱的尘染挂碍，在名利贪欲的牵迷前，时刻保持清醒，克服盲目的焦躁和不安，我们才能看到自己心里，其实还有一个博大精深的世界，它有那么丰富的历史，那么灿烂的文化，有直透心灵的思想，有放之四海皆准的智慧准则。

长乐先生：

我们"拉近全球华人距离"的口号，有很大的包容性。全球华人在政治领域里是非常多元的，甚至是对立的，中国大陆的主流民意和香港、台湾的就有很大差异。所以，我们强调求同存异。

韩国前总统卢武铉有次接见我时说，中华经济是"日不落经济"。为什么？华商遍布世界，是举足轻重的经济体。把他们联系在一起的纽带是什么？是我们的民族血缘和中华文化。因此，"拉近全球华人的距离"是跨越意识形态、跨越政体的，是文化的、感情的、血脉的联系。这个"拉"是我们电视人的一种企图心。50年没有回过大陆的文化大师李敖被凤凰卫视"拉"来完成了一次快意还乡之旅。他在北京秋凉如水的大街上，在欢声笑语的小学母校里，想到了他的好朋友、华人著名导演李翰祥。李翰祥在北京导戏的时候，在日记里面写了一行字：梦里不知身是客。他觉得回到北京，怎么会拿他当客人？李敖说，我到北京不是客人，是个反客为主的身份。

有记者问李敖对"去中国化"的看法，李敖说，去中国化容易吗？日本人统治台湾50年，日本人垮的时候，日本文化一夜之间几乎不见了。这种不能生根的，从外边硬往里塞的教育，不要介意。有的台湾人说我们要说台湾话，那是妈妈教给我们的语言。什么是台湾话？语言学上没有这个东西，语言学上是闽南话。全世界说闽南话的人口是5600万。台湾人口2300万，那3300万人在哪里？在中华人民共和国的福建省南部。

中华文化是全世界华人文化血型，是一种近乎天然的遗传基因。因此，凤凰卫视对于全球华人的大事小情，包括他们的危难、灾害，往往给予最大的关注。在许多需要为华人伸张正义、主持公道、取得帮助的时刻，我们的记者总是争取第一个站在他们身边。

对工作存有敬重之心

长乐先生：

天才的成就是上帝给的，普通人的成就是职业精神换的。我们都是普通人，所以，无论跟随谁，无论外界如何动荡不安，有了职业精神，我们的内心就有了安定的力量，有了抵抗外界压力的承受力。一个人的工作态度折射着人生态度，而人生态度则决定了人一生的成就。

星云大师：

人生必须有一份正当的职业，对工作要存有敬重之心。尤其工作时，必须与很多人互动、合作，所以在群众之中，一定要与人和乐相处，不可有我无人。懂得敬业乐群的人，人生才能一帆风顺。

长乐先生：

我认为职业精神大致可分为四种类型：敬业、专业、勤业、创业。有了这四种精神的人，几乎可以肯定他事业有成。

我们资讯台有一位名叫张洁慈的港人编译，她在"凤凰"工作多年，每天清早4点半起床，赶到公司上早班。公司因为常有加班，所以偶尔晚到几分钟也不会扣工资，但是，她在这里工作的一千多天里，没有迟到过一次。在她看来，迟到不是一件小事情，因为这"事关个人的名誉"；但她也从不认为不迟到就是什么大事情，所以她从来没向别人炫耀过。

我们的办公室里贴着很多条幅。其中有一条，据说是美国一位总统对他的幕僚说的，虽带调侃，却也有深意："如果/你受不了/这里的热/就滚出/这厨房。"

星云大师：
真正的愿力是不受时间、空间限制的，它会在忍辱、持戒中萌芽，在慈悲、精进中结成奇花妙果。

长乐先生：
有一个真实的寓言。一位名叫阿费烈德的外科医生在对艺术院校教授的调研过程中发现一个奇怪的现象：一些颇有成就的教授之所以走上艺术道路，有很多是受了生理缺陷的影响，人体患病器官为了抵御病变，其代偿性往往比正常的器官机能更强。阿费烈德将这种现象称为"跨栏定律"，即一个人的成就大小往往取决于他所遇到的困难的程度。竖在你面前的栏越高，你跳得也越高。

星云大师：
只有不惧承担、不畏牺牲，最后取得的成功才是激动人心的。唐朝鉴真大师是江苏扬州人，他饱读经论，弘扬佛法，深为当时士民所重。有两名日本僧人荣叡、普照，久仰鉴真大师的盛名，特地渡海来请大师前往日本弘法。大师欣然应允。许多弟子劝他不要贸然前往，以免遭遇不测，他说："为大事也，何惜生命！"但是，几度扬帆都未能成功，困在海中孤岛两年，大师双目失明。此时，他越发觉得弘扬佛法于海外的事业"舍我其谁"，因此愈挫愈奋，再接再厉。经过十二年的艰苦备尝，大师终于在第六次航行圆满东渡。

长乐先生：
牺牲是一种崇高的激情，但"凤凰"决不主张自己的员工去做无谓的牺性。无论如何，最大限度地尊重民众的知情权，尽可能多地将新闻传达给大众，尽可能多地将客观事实展现给社会，尽可能多地瞄准民众关注的焦点，这是华人媒体取得国际"认可证"的首要条件，所以，"凤凰"始终认定，"到达现场"是迈向这条件的第一步。当"到达"存在着各种风险时，"凤凰"人的思想境界便超越了西方单纯的契约主义，不仅讲信用，讲忠诚，还包含着东方文化中最重要的友谊和感情。记得某年，"凤凰"记者准备远赴阿富汗时，没有一个保险公司肯接受投保，我们依然上路了。当然，"凤凰"精神最后也赢得了保险公司的认同，现在已经有保险公司为"凤凰"做战地保险了。

尽管我们不愿看到灾难和战争发生，但不可否认，一个媒体若不能真正面对重大事件，不能深入采访报道，你就是一颗无足轻重的棋子，最终不可避免地在国际传播的大棋盘中出局。

信息多元遏止信息霸权

长乐先生：

中国大陆最早成立的电视台是CCTV，成立于1958年。而中国大中城市的居民真正能看到电视，是在20世纪70年代。此前人们看到的带图像的新闻大多是在电影院，电影开演前加映十分钟的"新闻简报"，所谓的"新闻"已经是数月之前的。当中国满怀希望打开国门的时候，发现自己正处在弱势挨打的位置。

在世界500强企业中，有8家传媒公司，其中美国4家，法国2家，德国、日本各1家。中国入选世界500强的企业18家，没有一家是传媒企业。美国文化产业年生产总值占GDP的1/3，中国的文化产业仅占GDP的3.1％。美国的音像业年出口额超过1000亿美元，中国仅为1亿元人民币。

西方的媒体软实力远超过他们的经济硬实力。目前四大西方主流通讯社美联社、合众国际、路透社、法新社每天发出的新闻量占据了整个世界新闻发稿量的4/5。人们被封闭在"国际化"的围墙中，强者的观点会强加给你，否则，你就什么也不知道。

中国《国家信息安全报告》对信息时代的国家进行了分类，认为当前世界的格局的组成是一个"信息霸权国家"、十几个"信息主权国家"和大多数"信息殖民地国家"。联合国专家告诫传播弱国，应该尽快放松版权法规，促进信息传播技术自由交流，鼓励出版业发展，才能有效改善国内、国际只有某一种声音的畸形状况，建立起一个公平、合理的"新世界信息与传播秩序"。

星云大师：
媒体的功用与学校类似，是知识的传递者。我们每天都会花很多时间接触传播媒体，从中获得新知，它对知识多元化的推动具有很大的贡献，对知识普及化也有深远的影响。所以，传播媒体作为信息的传播者，就应尽社会教育的责任，引导正确方向，以提升大众的智识水平。

长乐先生：
我们现在所做的，不是去破门，而是要开窗。先让空气能够流通，再让内外能够互望，最终做到人与人、国与国的沟通。而使世界和睦的最有效的武器，就是新闻信息的全方位开放与多元化交融。

美国第三任总统杰弗逊曾经说过："最终的安全是在新闻自由中。"因为只有最大限度地揭示事件真相和时代的本质变化，反思为什么会发生，才能最大限度地减少国家安全的隐患，捍卫人类共同的利益。所以，让世界华人有更大的知情权，让外部世界对华人圈有更大的理解度，这将会给全人类带来福祉，也是"凤凰"的着力之处。

重要的还是改变传统思维方式。中国的封建传统是用"二桃杀三士"的办法去获得利益，杀来杀去，伤了民族的元气。

星云大师：
媒体是信息的传递者，也是信息的分选者，负有促进人类交流、教育大众的功能，因此，尊重别人的隐私，多报道社会的光明面，是传播业者应负起的责任。

长乐先生：
我记得2003年"非典"暴发时，在宣布调整卫生部长人选之前，我们接到通知，不能直播，央视的转播车也已经走了。但是我告诉现场的"凤凰"记者："你们坚持到最后一分钟，如果事情出现转机，仍然执行原直播计划。"后来，在电梯里，我们的记者和国务院新闻办公室主任赵启正一起请求有关领导允许直播，终于获准了。那时，现场只剩下"凤凰"一家的转播车还坚守阵地。我们顺利地进行了直播，这成为一场使中国政府摆脱困境的直播。央视也第一次转播了凤凰的Live（现场直播）信号。当时，我非常激动，并非因为"凤凰"赢得了一场战役，而是我觉得中国有救了。

深入才有洞察，热爱才能感动

长乐先生:

据《中国广播电视年鉴》记载，中国目前约有电视台3540家，电视的人口综合覆盖率达93.65%，约10亿人口。一方面，这些人占世界传媒受众的20%，潜在的文化消费能力达到5000亿元人民币，因此中国被称为"世界上传媒受众最多、市场潜力最大的王者之国"。另一方面，这种局部的繁荣不能改变中国媒体的整体弱势。

2004年9月3日下午5点25分，凤凰资讯台突然切断正常的播出，画面上出现了俄罗斯北奥塞梯别斯兰的一所学校，一场挟持与反挟持的枪战在这里打响。世界各大媒体的三百余名记者拼命赶往那里。

还好，这群记者中间有一名黄皮肤黑眼睛的华人卢宇光。之所以强调这一点，不是想表达民族情绪，而是在这一行业的竞争中，华人常常是被忽略不计的。以往，迅速抵达重大事件现场进行电视直播的华人记者更是凤毛麟角。

当时现场被封锁，卢宇光和他雇用的俄罗斯摄像员背着2台摄像机、5块电池、2支三脚架，各负重20多公斤，从机场步行25公里到达现场。他们12小时粒米未进，仅靠着飞机上发的两块巧克力维持体能。

卢宇光凌晨1时到达别斯兰人质现场，并于1小时后对香港做了连线报道。媒体到场的顺序是：卡塔尔半岛电视台、俄罗斯独立台、俄罗斯国家电视台、俄罗斯地方电视台、凤凰卫视。凤凰卫视是第二家到达现场的非俄罗斯媒体，并拍到了许多独家画面。

当时，卢宇光的经典语言是："恐怖分子开始向我们冲过来了！"在那千钧一发的时刻，他开始撤离，他的摄像机仍然启动着，持续工作，留下了大量的珍贵镜头。这些独家镜头后来被全世界的媒体采用，包括美联社等外国大型主流媒体。

这就是尊重观众知情权的"凤凰"理念。打动人的一定是真实的力量，深入才有洞察，热爱才能感动。

星云大师：

这让我想起佛教中有一种"问道禅"，似乎与你们的报道精神相近。"问道禅"说的是，参禅要不断地问，不断地参，小参、普参，甚至千山万水，到处参访问道，直至机缘成熟，豁然开悟。

长乐先生：

凤凰卫视作为华人传媒机构，在报道世界重大事件的问题上，是以这样的姿态不断递进的："911"解决了有没有声音的问题，伊拉克战争解决了在不在现场的问题，别斯兰事件解决了报道得好不好的问题。

但是，也有不同的声音。大陆一家新闻权威杂志发表了文章《反恐报道中的新闻管制与媒体自律》，认为，此次反恐报道现场失控，内容失控，机密信息失控，细节报道失控，血腥场面报道失控。作者说："一位活跃的电视记者被称为英雄，其实，这是新闻界莫大的悲哀。作为在场的新闻记者，面对326名死难者（当时公布的人数），面对那些失去孩子的家人，谁能坦然接受这一'英雄'称号呢？"

卢宇光看了这篇文章，无奈地笑着说："我从来不认为自己是英雄。我是一个手无寸铁的记者，在最关键的时候我会逃命，只有保存自己才能完成工作。"一个富有职业精神的记者在大事现场可能会随时失去生命，这一点有谁怀疑吗？一旦没有了生命，钱和名还有什么意义？

也许有人会说，凤凰卫视特别有运气，什么好事都让他们撞上了。真是这样吗？美国的杰弗逊总统说过："我是绝对相信运气这回事的。并且我发现，我工作越努力，我的运气就越好。"

星云大师：

真理是每个人平等共有的，佛陀恨不得每一个人都早点开悟。佛光山开创至今每年举办一到两次台湾佛教寺院行政管理讲习会，以促进各寺院道场之间的交流与研讨。我会把寺院经营的管理方法和盘托出，在这方面，佛光山总结归纳成十八种经验，包括净财来源、人才培育、组织制度等，完全公开。佛法没有本位主义，没有知识产权，知识不能私藏，应该和大家分享。这是一个共生的世界，必须你好、我好、大家一起好，才能共创幸福的社会。

自省者自强，自律者自尊

星云大师：

唐太宗是中国历史上有名的贤君之一，他之所以能成就千秋伟业，主要原因在于他能谦冲自牧，虚心反省。专门记载唐太宗言行的《贞观政要》里有一段他的自述，他说："朕每闲居静坐，则自内省，恒恐上不称天心，下为百姓所怨。"可见，一个伟人之所以成功，确有其为常人所不及的地方。

长乐先生：

反求诸己，就是修炼自己还在发育的内心，不断发现成长中的问题，调整步伐；不断地瓦解不安定因子，积蓄高飞的能量。所以，自我反思是一个大气的指标。有人批评我们的历史情结，说世界上很多民族都不自揭疮疤，至少现在不揭疮疤。我说，我们的《口述历史》节目一周只有一次，从所占节目总体比例来说我们并非总揭疮疤。并且，我们如果不能正确面对自己民族的历史，就不能面对现实，我们不希望那些悲剧重演。

在有一期《口述历史》中，何方[①]说，他最不应该的就是在庐山会议

---

① 何方（1922— ），陕西人，1950年进外交部，任驻苏使馆研究室主任和部办公厅副主任，一直在张闻天领导下从事国际问题和对外关系研究。1959年下放，1978年恢复工作，任中国社会科学院日本研究所所长。1989年调任中国国际问题研究中心副总干事。第七、第八届全国政协委员。

之后批判张闻天①，但是最后刘英②原谅了他。那一段很感人。这种自我批判不是单纯地控诉"文革"，而是在自我反省，非常有力度。我跟我的员工们讲："要做能够自我反思的人。"

星云大师：

禅宗初祖达摩是在梁武帝时期从印度航海到广州的，当时佛教在中国香火已经很盛。梁武帝于是专门派人迎请达摩祖师入京。初见达摩大师，梁武帝已有邀功倨傲之心，即问："我已经建造了许多寺庙，抄写了许多佛经，供养了许多僧尼，大师看我的功德如何？"

达摩大师淡然道："无有功德。"

梁武帝有些不高兴："明明功德巍巍，怎说没有功德？"

达摩大师说："陛下这些功德，不过是人天小果，是有漏之因。"

"那么，如何才算是有功德呢？"

"不可着功德之相。不可着贪相。自净其意，自空其体，不以世求。"

梁武帝并没听懂这些道理，但又急于表现一国之君的智能，于是气焰万丈地继续问道："天上地下，何谓至圣？"

"天上地下，无圣无凡。"

梁武帝这次听懂了，盛怒道："你知道我是谁吗？"

达摩大师淡淡一笑，摇头，"不知道。"

梁武帝哪里受得了这番奚落，当下摆出圣明天子的威势，拂袖而去。

长乐先生：

现在看来，梁武帝的问题就在于"我"的过度膨胀：全世界只有"我"

---

① 张闻天（1900—1976），又名洛甫，江苏南汇（今属上海）人，杰出的无产阶级革命家和理论家。是中国共产党早期的重要领导人之一。抗战时期曾担任中共中央政治局常委、书记处书记并兼任中共中央宣传部长；抗战胜利后，先后担任中共合江省委书记、中共中央东北局常委兼组织部长；1951年以后，先后担任驻苏大使和外交部第一副部长。

② 刘英，张闻天的夫人。

在做善事，只有"我"在建佛塔，只有"我"在供养众僧……所以，他把自己当成了佛教的大功德主，既怀炫耀之心，又缺乏见道之诚，自然不能了悟禅师的妙理。

星云大师：

如果一个人做的每一个"善举"，都只是为了让自己声名远扬，为了把自己的名字刻在别人心里，那么，他自然就有积功揽德、卖弄功德之嫌，把本来相融的人与我、施与受之间的关系，生硬对立起来，当然得不到别人的认可和尊重。如此"积德行善"，偏离了中道，自然也就不能了悟佛法"非真非假，非善非恶"的要义真谛。

长乐先生：

要领悟"非真非假，非善非恶"的境界，就要先明了什么是"真假"，什么是"善恶"。只有标准明确了，才能找对方向。

星云大师：

金碧峰禅师修炼多年，已能放下对其他诸缘的贪爱，唯独对于吃饭用的玉钵爱不释手，每次入定前，一定先仔细把玉钵收好。有一天，他的世寿将尽，阎罗王便差几个小鬼来捉拿他。金碧峰预知时至，就进入甚深禅定的境界里，几个小鬼左等右等，始终捉拿不得。眼看无法向阎王交差，小鬼们就去请教土地公，请他帮忙想个使金碧峰禅师出定的计谋。

土地公想想说："假如你们能拿到金碧峰的玉钵，他一挂念，就会出定了。"小鬼们一听，赶快找到玉钵，把它摇得叮咚乱响。金碧峰忍无可忍，匆忙间就出定了，一把抢过玉钵。几个小鬼笑道："请你跟我们去见阎王吧。"金碧峰禅师一刹那大悟，了知贪爱将毁了他的千古慧命，于是立刻把玉钵打碎，再次入定，并且留下一首千古名偈："若人欲拿金碧峰，除非铁链锁虚空。虚空若能锁得住，再来拿我金碧峰。"

长乐先生：

不贪者无累，不欲者刚。要想高飞畅游，就要像天空中的鸟和水中的鱼一样，让自己的羽毛和鳞片光滑无染，不被物坠，才能顺风飞翔，迎浪溯远。

伍。变通

妥协是一条路径，变通是一种境界。让一分山高水长，退一步海阔天空。制胜之道，不在于屈敌之兵，而在于化敌为友。

所以，忍辱也是从容，后退愈见达观。为生逾死，向死而生。

竹影扫阶尘不动，雁过寒潭水无痕。

退步原来是向前

星云大师:

寺院里,常常可以看到一尊大腹便便的笑面和尚塑像——弥勒佛。实际上,这个心宽体胖的和尚是唐朝的布袋和尚。据说,布袋和尚是弥勒菩萨的化身,他时常背着袋子四处行慈化世。有一天,跟农夫一起下田时,作了一首诗:"手把青秧插满田,低头便见水中天。六根清净方为道,退步原来是向前。"

这首诗告诉我们,从近处可以看到远处,退步也可以当作进步。我们只有虚怀若谷地低下头来,才能看清自己的轨迹,了解自己的进程,调整方向,选择速度。

长乐先生:

常言道,退一步海阔天空。在人我、是非中包容三分,将会收获怎样的自在辽阔,这都是平日里紧张竞争状态下的人们不曾思考过的。人生的舞台并不大,有时也许容不得我们一直往前直冲。这时候,若能退到幕后平心静气地思考一番,若能于人于事退让一步,再起步会发现路更宽广。

星云大师:

只有退一步,你才能够看得更全面。我们照相的时候,不是都用过广角镜头吗?如果要拍一幢尖顶的房子,你站在离它半米的地方,可能只看到它的一块砖；如果退后半米，可能就能看见一面墙；再退后一米，可能就能照见整栋楼；再退后一些，可能连房子的屋顶、天空的白云、屋前的花草，全部都能拍进去。

只有退一步"出世"，才能进一步"入世"。出世的时候，高瞻远瞩，洞悉天下；入世的时候，运筹帷幄，成竹在胸。

长乐先生：

退步原来是向前，从"博弈论"的角度看，博弈双方有时既针锋相对，也避免鱼死网破。古巴导弹危机时，美国和苏联的关系降至冰点，但他们的共识却是马上在最高领导层建立热线电话。中国如果没有刘翔，阿兰·约翰逊也许不会到上海参加田径黄金大奖赛，如果没有两人的同场竞技，从来没有观看田径比赛习惯的中国观众绝对不会把上海体育场围得水泄不通。对抗导致了多种交流，认可对方反倒提升了自己的高度。

星云大师：

能够以退为进是不争，以无为有是富足，以众为我是拥有，以空为乐是法喜，一个人能够不争、富足、拥有、法喜，自然能扩大人生领域。

长乐先生：

出世的境界，其实是一种高度。只有当我们俯瞰这个世界的时候，才会发现，原来自己生活的空间那么狭小，自己奔波得那么忙乱，而且，很多时候都只是在原地打转。

我们中国的武功最忌讳花拳绣腿、争勇斗狠、走火入魔，重在内功的修炼，它的最高境界就是"无招"，这"无招"，或来自于传统的道家精神"无为而无不为"。

星云大师：

有一位年轻的法师发心为我开车。刚开始，他非常谨小慎微，双手死死地握着方向盘，可是却常常出问题，不是碰到这个，就是碰到那个。慢慢地，他稍微自然一点了，握方向盘的手不再那么用力，但转弯和换车道都很突兀，让人不踏实。又过了几年之后，他开车可以"不用心"了。在车上，他一边开车，一边和我交谈，我几乎感觉不到他在更换车道、加速或减速，也没有再发生任何刮蹭事件。无心开车，反而没有错失。

　　他的开车过程让我想到，人对于事，最初总是十分执着，虽然用心、留心，因为有分别、有计较，就容易出差错。总要等到无心，才能水到渠成，自在无挂碍。然而"无心"不是没有心，无心是自然，无心是物我一体，无心是无所不用心。

忍是智慧，忍是担当

长乐先生：

联合国教科文组织在2005年12月26日通过的《人权与文化多样性》文件中指出，"容忍"是21世纪国际关系中必不可少的基本价值观念之一。

其实，"容忍"与我们现在经常使用的"融会""包容""宽容"等词汇意义不同，它没有任何居高临下的意思，也没有大度、接纳、施舍的色彩，而是一种在不太舒服的状态下的共存。在英文中，tolerance可以解释为一种忍耐力：承认并尊重他人的信仰或行为的能力或行动。

比如在中日关系进入冰点时期，凤凰卫视坚决地反对了仇日、排日的民族主义情绪。2005年4月，中国爆发反日游行。《凤凰全球连线》在北京学生反日游行时，采访了北大日本留学生会长加藤佳一，请他谈谈自己的感受，使中国民众从日本留学生身上感受到盲目仇日的有害性。加藤佳一在现场连线采访时讲，虽然街上有反日游行，但在学校里大家对他挺好，仍然在一起很愉快地学习。这就是容忍的力量。

星云大师：

忍是智慧，忍是力量，忍是认识、担当、负责、化解的意思。佛教讲"忍"有三个层次：即生忍、法忍、无生法忍。所谓"生忍"，一个人要维持生命，必须能忍。所谓"法忍"，就是除了维持基本的生存条件之外，要活得自在，所以心理上的贪嗔痴成见，都要能自我克制、自我疏通。对于时间上的生老病死、忧悲苦恼、功名利禄、人情冷暖等，不但不为所动，而且要能真正地认知、处理、化解、消除。

能够拥有"生忍"，就具足面对生活的勇气；能够拥有"法忍"，就具备斩除烦恼的力量；能够拥有"无生法忍"，则到达了处处桃源净土、自由自在的境界。

长乐先生：

有一次，吴小莉在四川签名售书，队伍中的一位老人突然在她面前跪下来。小莉一惊，刹那间老人就被几名保安架走了。小莉后来得知老人是蒙冤告状者。这事竟被个别记者炒作成一则"吴小莉无视百姓痛苦"的热点新闻。

有一天我经过她的办公桌，看她正在边哭边写着什么。一问，原来她在写"申辩书"，誓要"一雪冤情"。我说："你的名气有多大，人们对你的关注就有多大；你得到多少赞美的鲜花，就要准备接受多少攻击的口水，忍受多少委屈的眼泪。如果这点都受不了，还怎么做明星呢？"

后来，小莉不再为此伤心、申辩了。她学会了承受和容忍，更明白最好的证明是行动。所以在电视上，我们能看到她坐小船深入洪灾现场采访，架着拐杖长途跋涉报道台胞捐赠骨髓挽救大陆患白血病的女孩……

星云大师：

舍恚行道，忍辱最强。《维摩经》上说：佛法在众生身上求。没有众生就没有佛道，尤其对于思想、意志、立场不一样的人，如何能够厘清矛盾、化解误解和隔阂，感化对方，使双方抛弃成见，重新认知彼此，更是考验彼此肚量的机缘。如果能有和他人殊途同归、并肩合作的勇气和气度，那么，二者之间的关系，就不再只是为了容忍而容忍。

长乐先生：

常言道"消灭敌人的最好办法就是与之成为朋友"，我们感谢赞同我们的人,也敬重那些持反对意见的人,他们是镜子和鞭子,让我们发现自己脸上的灰尘,鞭去我们身上的惰性。因此对于"凤凰",其他华语电视台是对手也是朋友,我们会联手做节目,从中发现差异,找到共性,互补共进。

在冲突中学习

长乐先生：

我们的电视中有很多"说"的节目，《锵锵三人行》《有报天天读》《口述历史》《一虎一席谈》以及《时事辩论会》等等。我们的员工说："真理越辩越明，有时也会越辩越晕。"因为有些争论没有绝对的对与错、黑与白，而是要在你中有我、我中有你、你不同于我、我不同于你之中，求得和解的最大公约数。在剑拔弩张中，最值得敬重的资质还是忍辱负重、和缓妥协，那是后退一步的胜利。

星云大师：

佛教里有一种"辩经"练习，通过辩论加深对佛法的理解。重要的不只是讲什么、怎么讲，而是创立一种大家都能讲的机会。

长乐先生：

每段历史都是人的创作。在很多历史的关键点上，一念可以定乾坤。所以，我们更要心怀历史的价值观。《时事辩论会》是正反两方辩论，保持多元化话语空间，强调不同，还有直播网民互动的优势，打破"一个声音"的现状。所以这个节目在中国现有的新闻语境中，是一次大胆的尝试。

在日本小泉首相执政后期，官方和民间的中日对话渠道几乎都关闭了。

一个偶然的机会，日本朝日电视台的制作人高桥政阳看了我们的《时事辩论会》节目，提出要跟我们辩论。这种新的对话方式，在中日关系史上是绝无仅有的。于是2005年8月9日，双方举行了第一次电视辩论《破局之辩——中日热点大交锋》，应该说有些火药味。次年又举行了第二次中日辩论会，讨论后小泉时代问题，辩论气氛更为理性，中方嘉宾没有再出现激愤情绪，更没有手指对方的场面。

日本NHK（日本广播协会）买下了《时事辩论会》全年的节目，每天固定时段在其卫星频道上播出，根据日方的反馈，该节目的收视率在其外购节目中是最高的。

星云大师：
对于立场、意见不一样的人，其实我们应该心生欢喜，因为他们是我们最好的逆增上缘。天下是大家的，不必要求每一个人都和自己一样；世界是嘈杂的，当我们因各种原因而放弃直接沟通的时候，就难免横生枝节误解。既然我们生活在千万众生共沐的阳光世界里，又为何将自己的心灵禁锢在历史的阴影里，只见扁舟不见海呢？

长乐先生：
英国有工党与保守党两大主要政党，因工党长期执政，保守党的生命力日渐式微。据说，此时深感不安的不是保守党而是工党。为什么？因为保守党如若衰没，工党在没有对立政党的情势下，很难继续进步。

古老的希腊文明是第一次东西方文化冲突的产物，悠久的中华文明也是从黄河文明、长江文明等多种文化的冲突交融中产生的。可见，不同文明的共存与冲突是维持人类文明发展的动力。哪个民族具有文化包容的气量与博采众长的智慧，哪个民族就能持续上升。

星云大师：
在冲突中学习，冲突也会变为动力。最怕的是一潭死水。

长乐先生：

西方人拍片子的角度跟我们不一样，在与他们的合作过程中我们学到了秘诀。1999年，"凤凰"跟拍过一个独行去西藏的新西兰年轻人迈克，做出一期专题片《迈克眼中的西藏》。我们还与法国雷诺重走丝绸之路，合拍了《重回马可·波罗》，与英国狮子集团合拍了非常精彩的专题片《中国》。按我们传统的模式拍《中国》，一定会从若干个大方向入手，而西方人则是从具体的一个家庭、一个人切入，重视形象思维，还偏爱演绎的方式，营造出时光倒流的真实感。最近，有一位英国制片人提出跟"凤凰"合拍"中国改革开放30年"这一专题，我们同样也强调通过具象的人、事、物来表现。这就是融合学习的过程，是电视报道形式上的革命。

受保护的文化，荣耀与危险并存

长乐先生：

一个民族的文化受到世界的关注和保护，尽管荣耀，彰显了祖先的聪慧，但也是一个危险的信号，说明这种文化的生命力正在萎朽。联合国教科文组织呼吁："防止和减轻全球化环境下的文化趋同，以促进和保护文化多样性。"

美国学者高皮纳便是这样说："如果一个国家感到它的文化应该具有生存的力量，就应该向美国学习，对国内外的人民普及它的文化，而不是试图把它保护起来。"

星云大师：

世界上任何一种文化，都有它的起承转合，旧文化对人类仍然是非常重要的。人们常说要"复兴中华文化"，过去的忠臣孝子、三纲五常、四书五经都是好的文化，但是缠小脚、太监制度、三妻四妾，则未必是好的，所以我们应该有所选择，复兴对人类有益的文化。中国古代的万里长城、兵马俑、紫禁城，埃及的金字塔、狮身人面像，都为国家所保护。

长乐先生：

美国等西方发达国家依托多媒体、互联网、卫星电视等方面的强大实力，可以毫不费力地打入他国文化市场，获取利益。文化产业发达的背后，通常是一个国家的文化自信。当我们指责西方的傲慢时，是否也有意无意流露了东方的偏见？西方文化的强势，对应的不也正是东方文化的弱势？所以，当我们自豪于自己的传统文化财富时，更须创造新的文化财富。

创造力并非"超能力"，它更像一种精神状态。"不放弃"本身就是一种创新、一种魅力；而让一些听起来"荒唐"的事变成现实，是创造力的另一种境界。音乐只有七个音符，为什么可以魅力无限？那是由于它变化多端，节奏、质感、旋律……你永远不知道，下一个旋律将会给你何种不同的感受。

电视也是一门艺术，它没有过去，只有现在和未来，你必须把过去的自己像影子一样踩在脚下，前赴后继地去创新。

星云大师：

历史不是一条直线，有时也有顿点，也有俯冲，也有看似徒劳的弯路，也有迷失方向的时候。关键就是能认识到自己最真实的处境。知幻即离，认识到了问题，其实也就找到了解决的办法。

星云大师：

拥有富贵荣华，究竟好坏？其实都在一念之中。如果太执着于有钱、有势、有功名、有利禄，就会介意、挂念，甚至为之牵绊，感到不胜负荷。假如我们能拥有而不负担，随缘而不着意，"富贵于我如浮云"，那么在我们的世界里，什么东西都能容纳，就能逍遥自在，心的世界，也自然宽广无限。

长乐先生：

一个守着万贯家财又茫然无措的孩子，他的处境的确是既孤独又危险的。我们曾经经历过这样的历史。如果我们没有驾驭这种财富的能力，那么就可能沦为自己土地上的奴隶。

星云大师:

财富是人人所希求的,它是一般人共同的愿望。财富可以分成很多种类,有物质的财富,也有精神的财富;有世间的财富,也有出世间的财富;有私有的财富,也有公有的财富;有现世的财富,也有未来的财富;有染污的财富,也有清净的财富;有外在的财富,也有内心的财富;有一时的财富,也有永久的财富;有狭义的财富,也有广义的财富;有有价的财富,也有无价的财富。

真正的财富在自己的心里。我心里生起智慧,智慧就是我的财富;我心中生起满足感,满足感就是我的财富;我心中生起惭愧心,惭愧心就是我的财富;我心中生起禅定,禅定就是我的财富;我心中生起般若智慧,般若智慧就是我的财富。所以,我们不一定要在心外寻找财富,真正的财富,应该是内心源源不断的能源。

宽可容人，厚可载物

长乐先生：

"凤凰"的许多主播是台湾人，教育背景不同，常常产生文化和理念上的冲突。比如，台湾来的主持人很多用词与普通话不同。我们说"水平"，他们说"水准"；我们说"游泳圈"，他们说"水套"；我们说"一座村庄"，他们说"一条村庄"；我们说"挟持"，他们念成"夹持"。我们把字典翻出来，说你这样念不对，可是他有台湾的字典，里面注明"挟"就是念"夹"。还有台湾那些所谓"总统""国防部"之类字眼，都需要有变通的说法。

最终，大家也能找到一个平衡点。我们有一个准则，翻译的东西要以大陆立法为准，但是个别的词语，属于台湾的习惯用法，我们也就接受了。

"和"的要点，就是对人的尊重。尊重他人的信仰、利益和隐私；尊重与自己不同的观念与文化；尊重世界通行的游戏规则；尊重自己的对手；尊重自己的员工；尊重不同的声音；尊重反对自己的人和敢于提出不同意见的人。

星云大师：

我时常有感于人生处世，不可能单独生存，必须过"群我"的社会生活。"宽可容人，厚可载物"，涵养包容不仅是立业之道，也是待人处世的良方。人人以慈悲安住身心，包容与我不同思想、不同信仰、不同性别、不同种族的人，如此社会自然祥和。

长乐先生：

只有认识到自我不是世界的中心，认识到竞争的存在，认识到地域之间、行业之间与其你死我活、两败俱伤，还不如各执所长、联合经营，将对手变为帮手。这样一来，华人在世界舞台上才能形成合力，才能找到自己安身立命的位置，才能共同繁荣，共同改变中国人在世界舞台上的历史形象。

谈及对话语权的把握，我们希望是有着丰富声乐组合的合唱，而不是一个旋律的齐唱。政府、媒体和受众，是一个三维的体系。这个体系中的声音要多元化，有不同的声部，既要有中央台，也应该有凤凰台，凤凰是低音部分，但是合在一起就构成了中国主旋律的媒体大合唱。

同样的道理也适用于"凤凰"这个单一频道的整体形象，有的节目是以表扬为主，有的要做批评，揭露社会阴暗面，整体上构成了一个有血有肉的、多元的品牌形象。精神是锐而新的，表现是柔而软的，这是"凤凰"目前的状态。

由于观念、利益的不同，在中西文化的交往上，难以统一，只能存异；难分正误，只能接纳；难免冲突，只能化解；没有胜负，只能妥协。关键在于双方信息传递的真实流畅，利益关系的相互磨合，达到一种高层次的"和谐"。这是妥协中的和谐，交锋后的交融。

宽恕让未来变得开阔

星云大师：

在禅堂里，同样讲究包容。有一次，禅堂里面发现一个小偷，大家都认为不可原谅，要求堂主开除他。大和尚听了点点头，却并没有予以处理。这个小偷见没有引起严重后果，于是再度下手，大家再次请堂主把他赶走，大和尚还是点点头，依然没有处理。第三次，小偷又偷东西了，这次大家很生气地说："如果不把这个小偷赶出清净的禅堂，我们就要通通离开。"堂主大和尚一听，说道："你们通通离开，这个小偷留下来。为什么呢？你们都是健全的人，离开以后，依然能找到容身之处。而这个偷窃的人毕竟身心不健全，我叫他走，他能到哪里去呢？我这个禅堂是佛门的慈悲驯服场啊，我都不能包容他，这世间哪里能包容他呢？"小偷一听，感悟了，从此洗心革面。所以，禅堂的教育，是感化的教育，是慈悲包容的教育。

长乐先生：

我们从大师的开示中体会到一项非常重要的信息，就是东方文化更讲究包容管理，感情的成分和理性的成分并重，有时感情的成分更大，也就是说，对人心的管理，可能比戒律、规矩更重要。这让我想起一句名言："紫罗兰被一只脚踩扁，它却把香味留在那脚跟上，这就是宽恕。"

星云大师：

还有一个例子。一个和尚住在山中的小庙里，有一晚正在打坐的时候，小偷进来了。小偷一看，哎，有个人在这里坐禅，一动也不动，好像睡着了。于是，小偷慢慢地摸到菩萨像前，从供桌下拿了钱，正转身要出去，和尚突然喊一声"站住"，小偷吓了一大跳。参禅的和尚说："你刚才拿了佛祖的钱，不说声谢谢，就走了吗？"小偷赶紧向佛祖道谢。过了不久，这个小偷又在别处犯案被逮，招供说还偷过寺庙的钱，警察把他带来庙里对质。禅师说："他是来拿过一点钱，不过不是偷，因为他跟佛祖说谢谢了。"这个小偷被禅师的宽容感动，于是跟他出家，成为一个很好的修行人。所以，管理不是非要用一定的制度、一定的处罚，有时候随机应变，效果可能更好。

长乐先生：

传说有一个非洲部落把宽恕作为一种仪式。当某人犯了过错，就会被带到村子中央，接受众人的赞美。全部落的男女老幼都停下手里的工作，将罪人团团围住，轮流列举他做过的好事。他的善行和美德被尽情歌颂，每一个细节都不错过。仪式最终发展成一个欢乐的庆典，大家欢迎他回到集体当中。

这是一件非常美妙的事，把惩罚化为温暖，把伤害变成祥和。犯错的人没有被遗弃，没有受打击，整个村子重新成为团结的整体。实践证明，宽恕无法改变过去，却能够改变未来。

善待资源，兜里不能老是揣着弓和箭

星云大师：

佛经中记载了这样一个故事。有一天，有位善生长者得到了世间最稀有、最宝贵的旃檀香木做的盒子。长者对世人宣布：我要把这宝贵的东西，赠送给世界上最可怜的人。

于是，很多贫穷的人来向他要这个盒子，但善生长者总是说："你不是世间上最可怜的人。"时间过去很久，这个盒子仍然没有送出去。大家都觉得疑惑，便来问他："你是不是真心要把这个宝盒送人？"

善生长者说："当然。但是你们谁都没有猜到答案。"

"那么，谁是最可怜的人呢？"

"告诉你们吧，他不是别人，就是我们的波斯匿王，他才是世间最可怜的人。"

这个消息传到了波斯匿王那里，他非常不高兴：我是一国之君，怎么倒成了世间最可怜的人呢？

于是，波斯匿王把善生长者召进宫来，把他带进自己的宝库，问道："你知道这是什么地方吗？"

善生长者说："这是您收藏黄金、白银和珠宝的宝库。"

波斯匿王大声责问："既然你知道我金银财宝无数，怎么可以散布谣言，说我是世间最可怜的人呢？"

善生长者说："因为这些财宝一直堆在你的仓库里。"

在善生长者的心中，波斯匿王不会照顾社会大众，无视福利人群的事业，虽然有钱却不会用，这不就是世界上最可怜的人吗？

长乐先生：

"君子性非异，善假于物尔。"其实一个人的成就，并非纯粹的智力使然，通常与他是否善于发现事物的价值、善于利用机缘、善于调配安排、善于使事物的价值最大化有关。我看过这样一个报道：台湾歌手吴克群有一天去杭州做活动，因为主办方失误，未及时通知他的歌迷，几乎冷场，急忙临时找人来捧场。令人没想到的是，吴克群开口就说："我知道你们不是我的歌迷，你们不会唱甚至没听过我的歌，但我深深感谢你们今天能站在这里。没关系，让我们一起随便唱。"后来，那天到场的很多"临时演员"真的成了他的歌迷。

所以，我们应该善待身边的资源。善待他们，就是延长自己的生命力。于公司而言，充分地发挥员工的能力，才能真正降低成本，提升品牌形象，实现物我、人我的双赢和谐。

星云大师：

佛就是要我们对自己有期许，要能撒播慈悲的种子。如果我们所到之处，总能给人快乐，帮人除痛祛病，我们的慈悲心也会日益增长，我们的人生脚步就能愈走愈远，越走越顺畅。军人作战，万里出征，也必须一步一个脚印；商贾好财，经商盈利，也要千里奔波；高僧大德，为宣教化，不惜牺牲自己的利益。积跬步而成千里，来帮忙的人就会越来越多，结下的缘广福多，人生自然会有圆满好运。

长乐先生：

我们对社会对国家是善意的、积极的，我们提倡的东西是建设性的。我经常告诫我们那些忧国忧民、愤世嫉俗的编导、编辑、记者，善意的平台才有广大的空间，兜里不能老是揣着弓和箭。泄愤的、拆台的事"凤凰"不干，虽然自己挺解气，却于事无补。

星云大师：

无论你是否意识到，或者是否愿意，我们每个人都终将要在历史上留下自己的痕迹。一旦我们的脚印汇聚在一起，就形成了一个社会的历史，一个时代的历史。所以，我们要对自己的那一步负责。

长乐先生：

人们常说，时间是最公正的评判者，其实，当我们内心的善意、良知、聪慧兴显之后，每个人都可以变成时间的驯兽师，在时间到达之前，找到自己最向往的那个王国。

陆．多元

一花一世界,世界许多花。用平等铺路,无差别尊重。与人为善,尊重个性,立场互换,平等共生——那就是求同存异的过程,也就是多赢共和的结局。

百花丛里过,片叶不沾身。虽然不沾身,芳馨已入心。

让"平等"回归人心

长乐先生:

也许我们平时不曾深思,当一个社会中只有得到了财富和权势的人才能享有自由生存的主动权的时候,这是否也就意味着,那些还在路上的人,他们的生存权一直要受到抑制和盘剥呢?而当这个社会中绝大多数人都感到自己的生存权利受到压抑的时候,这个社会的发展怎么轻快得起来呢?

如果按照"物以稀为贵"的原则追逐尊荣的话,这个社会就一定要控制富人和权贵的数量,否则,特权和荣耀将被稀释和淡化;但是,如果这个社会只有这一条路通往生存自由,那么谁都无法阻挡民众闯入的决心和脚步。

星云大师:

所以,如果一个社会有很多条路可以走,每一条路都是平坦大道,都能容纳成千上万的人,以顺畅的速度行进,那么,这就是平等。"平等"的主张可以消弭人世间的不公平,事理都能平等才能带来世界的和平。

平等,不是用强制的手段逼迫对方就范,而是应视人如己,互易立场;平等,应该顾及对方的尊严、权益,唯有人我共尊,才能达成彼此的平等。佛教主张"人人皆有佛性",这是本性上的平等。不过,理上虽然"生佛平等",事上却有"因果差别"。因此,从本性上说,虽然人人皆得成佛,但因个人的福德因缘不一,就有圣凡之分。

假如，儿女与父母要求平等，要求与父母平起平坐，这是不懂伦理，因为平等要"长幼有序"；假如属下与长官要求平等，要求同等待遇，这是不懂规矩，因为平等要"尊卑有别"。

真正的平等是立足点的平等，而非齐头式的平等。一场赛跑，每个人的起跑点都一样，但是枪声一响，大家奋勇向前，各人的速度快慢不一，须凭本事争取第一，不能要求大家同时抵达终点。

长乐先生：
历史早已证明，分浮财式的平等，不如给人平等的生存、创业的机会。

星云大师：
所以，一个好的社会，应该能够给大家提供平等发展的机会。如果你想读书，我有学校、图书馆、书店、阅览室、读书网站、读书俱乐部……如果你想运动，我有健身房、运动会、操场、山道、公园、滑雪场、游泳池等很多选择，人们就不会把注意力都集中在一个焦点上，否则会消耗很多成本，得不偿失。

长乐先生：
重要的是，在不同的渠道里，人们都能找到自己最需要的，这就是多元世界的好处。但是，我们现在存在着一个价值判断的误区，那就是把财富、权势、名利和自己看得太重了。

每个生活在这个世界上的生物都是大自然的宠儿，共同汲取着天地的灵气。所以，每个生命都是有尊严的生命。这种尊严是不需要由同类授予的，当然也就不需要倚仗权力和财富这些只有人类才能识别的附加条件。

只有当"平等"真正回归我们心中，我们才能重新认识到，生活里还有那么多值得我们去创造的领域，还有那么多自己喜欢的生活方式。把我们有限的生命拿来做一点对我们自己、对这个地球更有贡献的事情，也许这才是大自然对我们真正的期许。

星云大师:

佛教徒之所以吃素，就是因为佛陀尊重所有的生命。佛教认为，世间的所有生命皆有佛性，所以以应该平等互爱。

平等所对应的，就是尊重的普及和无差别化。也就是说，平等就是要打破阶级差别的门槛，对每一个人都尊重，让每一个人都有尊严。这种尊重是不需要附加财富、权势这些条件的。由贫富差距引发的社会问题，也许可以试试这样的方法。

长乐先生:

无差别的尊重，也许就是解决社会贫富矛盾的基本态度。安抚那些因物质条件缺乏而受伤害的心灵，平缓那些由各种刺激而产生的敏感而激烈的情绪，人们才会有空间、有信心重新审视自己的价值和自己未来的发展道路。

星云大师:

有一个富翁和海边老渔民的故事。故事里的富翁认为，人要拼命工作赚钱，要奋斗半生，才有钱去海边度假。但是那个坐在海边看日落的老渔民说，他每天都可以欣赏这样的美景。大海、落日、沙滩是不需要用钱买的，人人都可以欣赏、享有大自然的赋予。所以，在人生的旅程上，当我们遇到烦恼时，不妨从大自然中汲取经验与教化，感受大地普载众生的平等，感受海洋无有拣择的包容，感受阳光温暖普照的关怀。

信仰可改变一国之精神格局

长乐先生：

印度阿育王从亚历山大穷兵黩武的下场中，从自己征伐时遭到的顽强抵抗和亲身体验的惨烈场面中，从佛教慈悲安忍、轮回因果的教义中深刻意识到，只有摒弃武功而以文治，才能真正收获胜利，开启太平盛世之门。于是，他刹那顿悟，放下武器，转身成为名垂千古的一代英主。

在中国的历史上，秦王李世民与其父李渊推翻隋朝暴政的关键时刻，有少林寺的十三棍僧为其护驾，方才夺取了洛阳通往东南许昌、南阳方向的咽喉要道擐州城。玄宗即位以后，将李世民为此事写的一封亲笔信钦赐给少林寺，刻在了一块石碑上。

这说明信仰在历史的关键时刻具有重大贡献，甚至能够改变一个国家的精神格局和发展进程。

星云大师：

当今有一些人，认为佛教对于国家没有正面的贡献，这是错误的。其实历代都有许多高僧，用心为国家为人民做事。"人间佛教"的倡导者太虚大师也曾经是一个救国英雄，他在抗日战争期间代表国民政府到世界宣扬中国文化，获得了很多佛教国家的同情与支持。

历史上也有过一些统治者，不了解宗教的意义、信仰的价值，只知为自己的长生安乐求神问卜，这是自私的。真正的信仰，一定是利益大众的。没有众生，哪里有佛；没有人民，哪里有国家。所以，无论是一国的领袖或各行业的领导人，应胸怀"但愿众生得离苦，不为自己求安乐"的悲愿，才能得到民众的拥护，凝聚起大众的力量。

长乐先生：

美国人肯在宗教上花时间和金钱，每逢重大国事关头，远如珍珠港事件，近如"9·11"，都显示出宗教文化的向心力和凝聚力。这可能是最大的软实力。

我们愿意接纳人类文明的所有成果，并且认为任何事物都有其存在的理由，宗教也不例外。当然，中国佛教在复兴的过程中，还有一些亟待解决的问题。比如对于佛学的研究通常由两方面人来做，一个是由出家人对佛教进行研究整理；还有一个就是在家的居士，以及非佛教徒的学者专家。这对于悠久的佛教历史、浩如烟海的佛学典籍来说是远远不够的，还需要大量对传统文化有造诣的人士参与进来。

好在我们也看到了，大师的佛光山已经荟萃云集了一批中国学界非常重要的学者和专家，他们编著了若干种著作，在佛教学说的论著研究整理方面做出了很大贡献。然而，从整个中国的佛教文化和佛教学说开发的角度看来，仍旧有很多的空白需要填补。

星云大师：

佛教有一种现象，"上智"的人研究佛学，但可能不信仰佛教；"下愚"的人拜佛求佛，但又不了解佛教。所以我们希望今后在中国社会、在民间，不要只是把佛教当学术来研究，也不要把它当成一种求富贵的手段，而是要把佛法应用在生活里，提升生命的意义。

我们有什么可自卑的呢

长乐先生:
曾经有人提出,我们到底该用谁的方式生活?现在,这确实是一个需要全社会深入思考的问题。

星云大师:
谁都不能代替自己。

长乐先生:
是的。就像流浪在海外的华人一闻到中国菜的味道就会难以自已;就像在国外见到神闲气淡、着对襟长衫的中国老者,总会油然而生亲切和感动;就像大年三十鞭炮齐鸣的时候,无论在哪儿,都想要奔回家去吃妈妈包的饺子一样——这些渗透骨髓的冲动,其实都是传统文化在我们的潜意识里悄然留下的印记。

正如佛说"人人皆有佛性",其实每个中国人都有一颗中国心。只是,当我们在车水马龙的都市里仓促奔走,在灯火绚烂的繁华街头寂寞徜徉的时候,常常会因迷惑而忘记了自身的价值。

肯德基真的就比佛跳墙好吃吗?拳击真的比太极好看吗?西服牛仔真的比长衫体贴舒适吗?为什么我们会如此轻易地认同陌生人和摒弃自己?

星云大师：

中国文化博大精深，我们有什么可自卑的呢？倘若不能重视自己的文化，我们不就是那个守着万贯家财还喊饿的孩子吗？

长乐先生：

两年前，中国京剧院在北京一些大学里演出《四进士》《将相和》等传统京剧时，打出了这样的广告："同学们，吃惯了比萨饼、麦当劳，不妨也品味一下中国茶吧！"

京剧与中医、武术、国画并称中国的"四大国粹"，半个世纪前，那些名角、"头牌"在演出时，往往万人空巷，一票难求。而在当今，年轻一代往往对本土传统文化弃之如敝屣，对带洋字的文化则趋之若鹜。难怪台湾诗人余光中痛惜地说："当你的女友改名为玛丽时，你怎能送她一首《菩萨蛮》呢？"

星云大师：

人间的许多文明都曾经历过历史的大风大浪，物是人非，是常情，但也令人感到悲哀。

长乐先生：

中国人这场"文化认同危机"的总根源，就是在追求"现代性"的过程中，撼动了民族文化的根基。也就是说，我们是"不得不在文化的根基处，即观念体系和制度体制方面进行西方化的改革"。

在国内外，我见过许多成就颇高的华人文化艺术大师，这些人往往是一袭中式对襟衣裳，神情淡定，举止儒雅。那种华人特有的气质和风度，令人倾倒。我深信，文化就是一举手一投足中所流露出的秘密，这些生命与文化的密码，是任何形式的全球化都无法消弭的。

禅者眼中，万物皆美

星云大师：

药山禅师有一次在山顶上散步，看到山边有两棵树，一棵长得很茂盛，另一棵早已枯萎。这时，正好他的徒弟道吾禅师和云岩禅师走过来，药山禅师就问他们："你们说，哪一棵树好看呢？"

道吾禅师说："当然是茂盛的这棵好看！"药山禅师点点头。

云岩禅师却说："不，我倒觉得枯的那棵好看！"药山禅师也点点头。

一旁的侍者不解地问药山禅师："师父，您两边都点头，到底哪一棵好看啊？"

药山禅师于是反问侍者说："那么，你认为哪一棵好看呢？"

"枝叶茂盛的那棵固然生气勃勃，枝叶稀疏的那棵也不失古意盎然。"侍者回答。

可见，万有诸法自性平等一如，没有善恶、美丑、高下、贵贱的分别，在禅者的眼中，荣茂的树木和枯萎的树木都一样美好。

长乐先生：

人的本性是平等一如的，但人的境界有所不同。盲目的自卑或盲目的自大都是不可取的。这也是一个领跑者的境界：即使你的文化奇葩已经被全世界认可，但也要有能力看见，人类花园里还有那么多不同的颜色，不同的婀娜，不同的芳香。只有我们放宽眼界和心胸，我们享有的世界才会无比富饶。

佛光山上就有一个很有意思的地方，大佛城佛殿里的佛像是密宗和显宗并存的，这样一种圆融的姿态，在佛光山很多地方，譬如仪轨、厅堂、佛像设置上，都能很好地体现出来。

星云大师：

我不喜欢佛教分门别派，又是分南传、北传，又是分比丘、比丘尼，又是出家、在家，把佛教分割成这许多派别，力量就减小了。所以，我最初到台湾宜兰弘法的时候，就立下"解在一切佛法，行在禅净双修"的原则。

多年来，我在佛光山倡导融合，显密要融合，禅净要融合，南北传佛教要融合，在家出家要融合，由此，佛光山便成了八宗兼弘的道场。

长乐先生：

中国传统文化中还有一个非常独特的现象，就是把道教、佛教和儒教的偶像供奉在一起，比如重庆的大足石刻。经过漫长的历史年代，释迦牟尼佛、孔子还有老子，他们先是共存于一个县，后来共存于一个山，最后被供奉在一个殿里面。我们将此称为"儒释道"的和谐统一。

星云大师：

这就是中国文化伟大的地方。我童年是在寺庙的佛教学院受教育的，那个时候还没有道观学校，所以同学里就有来求学的小道士。他们先接受佛法的教育，然后再回去做道士。所以我童年时就知道，"儒释道"是不分的，同中有异，异中求同。

每一个宗教都有教主、教义、教徒。教义可以不同，你是有宗，他是空宗；你主张这个，他主张那个，但大家可以互相往来，彼此和谐包容。这就像大学里很多的科系共存，科系里面各个学生可以互相来往、互相学习。

长乐先生：

即使是同一所大学，同一个科系，也会有不同风格的老师，不同的理论体系。应该说，任何一个精神领域的知识，都是需要反复熏陶，反复讲解，反复思考和印证的。佛教是如此，中国的哲学思想也是如此。

星云大师：

人类社会发展到当今，给我们的启示是：要用智慧去庄严一切，不要用我执、我见去分裂。

媒体整合与竞争的关系

长乐先生：

当今世界如火如荼的信息整合，早在第二次世界大战前后的英语世界中便已出现。当时，美国《时代周刊》设立了"朝着一个大英语世界媒体进发"的目标。它逐渐建立全球发行网，各地派驻特派员、记者，快速分享了全美国及其他英语国家和地区的信息。美国的信息大网，为美国网住了全球"英语人"的心，也建立了一个媒体王国，为战后的"美国世纪"奠定了重要的基础。

进入"信息就是财富，新闻就是权力"的时代，媒体的整合更是风起云涌。我做了一个小小的统计：世界媒体的前五名——时代华纳、迪士尼、索尼、维亚康姆、新闻集团——年营业额最多的（时代华纳）为447.88亿美元，最少的（新闻集团）为238.59亿美元，其业务范围涉及电视、电影、有线电视、因特网、期刊、出版、报纸、体育、娱乐、电子游戏等14个大项。相比之下，华人媒体的规模、财力和人才都处在弱势地位，许多传媒人都意识到了整合扩大的必要。同时，我们作为媒体人也应反思，怎样对国家人民的发展结果更好。

星云大师：

华人媒体的弱势，实际上反映的是经济、政治、文化的弱势，大家经过反思，团结才能有力量。

长乐先生:

《亚洲周刊》总编邱立本先生认为，目前全球华人紧密互动的暖流，也是信息传递的暖流。全球华人社会不再是割裂的信息板块，不再是彼此鸡犬不相闻、老死不相往来。相反，由于亲情的密集交流以及商情的紧密联系，全球华人社会也是一个全球的信息村，你中有我，我中有你，须臾不可分离。

华商张先生参与收购了香港、北美以及马来西亚等地的《星洲日报》《光明日报》《明报》《亚洲周刊》《南洋商报》等中文媒体。张先生是这么说的："在自由贸易全球化的今天，如果没有强大的集团力量，中文传媒根本就无法跟其他同行竞争……"华人加大传媒的发声分贝，显示出不甘示弱的企图心。

整合、做大并不是垄断。垄断不仅限制了自身的活力，也会使全体华人媒体的活力受到影响。例如，香港只有香港无线、香港亚视两个电视台，其中香港无线是一家独大，通吃，跟"四大天王"等许多艺员都签了约，不允许他们在其他媒体上出现。这在相当程度上制约了香港电视的发展。现在香港立法会提出，如果这种电视管理方法持续下去，所谓"东方好莱坞"的地位想都不要想。

美国的电视业为什么发展那么迅速？因为美国很早就有规定，任何一个电视台自制的节目量不能超过12%，其他的88%要从社会上采集。这就扶持了媒体制作业，保证了鲜活、变化和多种观点并存。

佛教是门窗

长乐先生：

《亚洲周刊》近期发表文章称："当下，中国大陆经济学界、理论界关于反思改革的争论如火如荼。不过，从地方执政的高官到中央领导人，始终没有对这场争论直接表态。他们摒弃争论，绕过语言旋涡，超越政治标签，摆脱意识形态之争，着力解决具体民生问题。"文章认为，这是中国在政治上、思想上表现出更大灵活性的具体表现。

对于华人传媒，如果说意识形态是一道墙，那么墙上一定要有可以互相来往的门，有可以透气的窗。佛教可以是门，是窗。

星云大师：

真正的佛教是超越意识形态的。梁启超说过，佛教的信仰，是正信而不是迷信，是兼善而不是独善，是住世而非厌世，是无量而非有限，是平等而非差别，是自力而非他力。

佛教因应时空背景变换与众生的不同需要，发展出各种不同内涵、形式、仪规的宗派。生活习俗、语言习惯完全不同的人，可以有相同的信仰和认知。在这个方面，国界不是问题，民族不是问题，意识形态更加不是问题。

长乐先生：

这也是佛教"无我论"精神的现实验证吧。在中国历代文人看来，成佛即是成圣、即是做人的新境界。"不说过去未来，只说现在；不说出世，只说入世；不说神道，只说人事……满街都是圣贤，处处无非佛地。"

对于华人媒体来说，必须以华人利益为最高准则，对外，开展多边对话与合作；对内，相互尊重，不搞争论。台湾东森媒体集团主席王令麟曾表示："有人说，华文媒体不可能成为主流媒体，我的理想是打破这个魔咒。"他的话让我感动，也更坚定了我的信念。

星云大师：

华人媒体在传播正知正见的路上，艰辛、责任与辉煌都是一体的。

佛教有所谓的"四依法"：依法不依人、依义不依语、依智不依识、依了义不依不了义。依法不依人，就是行为处世不依靠那些无常生灭的人为现象，而是遵循永恒不变的真理；依义不依语，就是从本质的角度把握事物的内涵，而不是执着于矫情抬杠、文字游戏；依智不依识，就是以般若智慧作为人生行为的准则，而不用一般的俗知俗见障碍自己；依了义不依不了义呢，就是秉持那些已经被生活、被历史证明了的真理，懂得辨别真伪，而不是盲目崇拜跟从。

佛陀当年定下如此"四依法"，现在看来，的确是用心良苦。只有依归正知正见，我们才能真正了解宇宙人生的真相，才能探骊得珠，登堂入室。

瞻礼佛指

星云大师：

两千五百多年前的佛陀，涅槃后化为舍利，直到现在，他慈悲智慧的生命一直在世间流传着。金银财宝，再大再多，你看了以后，顶多只是惊奇地"哦"一声；但是当你看到佛指舍利，可能就会跪下来顶礼，可能就会涕泪悲泣，或是充满法喜。这表示你不但看到了佛指的生命，也看到自己的本心。这时我们就会知道，佛陀的大威力一直都留存在我们的心中。

长乐先生：

当时您把佛指舍利请到台湾来，让其在台湾停留37天，大陆领导人做了很大的努力，也可以说是发了很大的佛心。佛指舍利请到台湾来以后，大师与之形影不离。凤凰卫视通过电视镜头将这个过程传播给了全球华人。人们赶到高雄来参加最后的送别，万人空巷。

星云大师：

现场不下10万人。

长乐先生：

大师登上飞机的那一刻，很多信众泪流满面。

星云大师：

佛指舍利象征的是佛的总体，没有台湾、大陆之分。因此，我向大陆领导人要求恭请佛指舍利到台湾时，几乎台湾的政要、民间，一体恭敬。这个时候，海峡两岸虽是一海之隔，但是人民心意相通，血脉相连，可见中国人的亲情是分不开、割不断的。佛教最初从印度传播出来，传到中南半岛地区的，称为"南传佛教"；传到西藏地区的，名为"藏传佛教"；传至中国、韩国、日本等地的，则为"北传佛教"。佛教在中国的发展，又相继有各宗各派的成立，举凡禅宗、净土宗等。之后禅宗走进了寺庙，而净土宗则盛行于民间。但我觉得，这样的分类太偏颇了，人们所需要的应该是综合性的佛教。

我一向倡导融合，可以说佛光山就是佛教的一个大同世界。在佛光山男众学部里，有来自印度、尼泊尔、斯里兰卡等26个国家的人；有黑人，也有白人；有藏传，也有南传的学僧。女众的佛学院里，有初中毕业的初级班，也有大学的硕士、博士班，我们都给予培育。我知道你们"凤凰"也是包容四海。

长乐先生：

如同一个缩影。"凤凰"的主持人、记者、评论员来自海峡两岸、五湖四海，有的是大陆背景，有的是台湾毕业，有的是香港本地员工，我们的主持人曾被称为"一群完整意义上的中国人"。社会背景不同，甚至世界观都有差异。其中30多位台湾主持人和记者，他们的政治观点与本台并不一致，但这并不妨碍我们同心协力维护华人的话语权，我们的职业道德高于个人的政治立场。融和的氛围使大家取长补短，相得益彰。

"凤凰"的管理层也是中西合璧，就像"凤凰"的名字和台标，借喻凤与凰的阴阳交融，宣示东方文化与西方文化的互补、传统文化与现代文明的整合。

星云大师：

21世纪是太平洋的世纪，是华人的世纪，所以华人应该首先宽大心胸，更加包容。用包容的方式敞开心胸，心胸有多大，事业就有多大。包容有多少，拥有就有多少。中国地大物博，心量要大，心大才能和大国的形象匹配起来。

长乐先生：
大师这个开示非常精辟，我们有一句话叫"和谐世界，从心开始"。

文化冲突走向文化融合

长乐先生：

有一种极端的观点，叫"人对人是狼"。冲突论者说，同行、同事，都是你的对手。而文化与文化、国家与国家、企业与企业之间，从本质上说，都是竞争关系。世界上只有黑白两种颜色，各自都在千方百计地想吃掉对方，并已下定了"不是鱼死，便是网破"的决心。

星云大师：

我们在社会上，有朋友，也有敌人。不一定是战场上两军对阵，杀得你死我活，才叫敌人。商场有商场的敌人，同行有同行的冤家，利益有利益的对手。敌人，不是以消灭他为最高手段。在战场上，最高的战术是"不战而屈人之兵"；甚至对于凶狠顽固的敌人，能感化至对方认错，也就不必再置他于死地了。诸葛亮"七擒孟获"，一次又一次地释放，为的是"化敌为友"；齐桓公把敌对的管仲待如上宾，故能九合诸侯，一匡天下。

还有，人生最大的敌人是自己，病痛是自己的敌人，烦恼是自己的敌人。疾病虽是敌人，也要治疗它，甚至"与病为友"；烦恼虽是敌人，也要面对它，更要"转烦恼为菩提"。

长乐先生:

现在西方文化在世界上所占据的阵地越来越大。有见地的西方学者也意识到这不利于人类的均衡发展。东方人也应看到这种差距的内因还在我们自身,要从制度上和方法上增加东方智慧及力量的比例。此外,我们也应当看到,文化虽有地域属性,受益者却是全人类。

星云大师:

第二次世界大战时,日本偷袭珍珠港,虽然枪火大炮摧毁了美国的军事实力,但征服不了美国人。反而是现在,日本的TOYOTA汽车出口到美国,占领了几乎一半以上的美国市场,征服了美国的交通、经济。不过美国人并不认为这样不好,因为商品总是要经过市场的检验,全世界的国家彼此都在互相观摩,互相吸收对方的文化。

长乐先生:

其实美国的强势文化也有消解、共融的趋势,比如奥斯卡评出华语电影《卧虎藏龙》为最佳外语影片;姚明成为NBA的主力,被中美两国民众所津津乐道。尊重、体谅与包容,是文化继续传承与交流的三弦琴,用这琴才能弹奏出全新的乐章。

星云大师:

俗语说"有容乃大",愈伟大的国家,愈有"泰山不辞土壤,大海不弃细流"的胸襟。我云游世界弘法多年,既希望推动佛教发展"国际化",又一直倡导"本土化",但是我说的"本土化"是奉献的、友好的、增加的,不是排斥的、否决的。我在五大洲建立寺庙,就是希望通过佛教,给当地人带来更充实的精神生活。

长乐先生:

人类文明的多样性、多元化走势,正像各个大陆板块上孕育不同文明的水系：密西西比河、尼罗河、多瑙河、恒河、黄河，最终是百川归海，九九归一。同样，东西方文化终将融会贯通，你中有我，我中有你；东西方社会进步的路径，也将是殊途同归，长安罗马，大道相通。

柒・管理

做事为人尽可以"理直气和,义正辞缓"。福田里,一块是悲田,一块是敬田。敬田、悲田里面播种都会有收成。容融合和,可使政体和谐,管理出彩,消弭贫富,万物平衡。

自从长安鼎盛日,条条道路通长安。

柔性管理 自觉管理 感动管理

星云大师:

谈到世界和平,放眼当前社会,所以有诸多的纷争,不能和谐,都是由于人们不善于管理自己,尤其不懂得如何管理好自己的"心";如果人人都能把"心"管理好,则促进社会和谐,不为难也。我以为,针对"和谐社会"这个主题,有几个管理的要点。

一是柔性的管理。过去西方一谈到"管理",都是讲究"制度管理",强调有组织、有系统、有计划、有目标的企业管理;然而在佛教里,除了重视组织、制度,佛教尤其有一套另类的管理办法,也就是以慈悲、赞美、鼓励来代替制度与规矩的"柔性管理"。世间刚硬的东西不一定坚固有力,有时柔软的东西反而有意想不到的穿透力。例如,滴水可以穿石、温火可以融冰;乃至人体上坚硬的牙齿易断,但柔软的舌头不死不烂。可见"刚"虽然不是绝对的不好,为人"刚直"有时也有其必要,但刚而锐的东西容易斫伤,所以佛教讲"从来硬弩弦先断,每见刚刀口易伤",柔性反而能够持久。佛教指导人坐禅,目的就是要培养柔软心,心地柔软的人才容易跟人融和相处,心性慈悲柔和的人,往往能制伏顽强于无形。

"以柔克刚"的原理不仅可以应用在人事管理上,其实现在海峡两岸虽因政治因素造成隔阂,但事实上两岸都是同文同种,有着血浓于水的民族情感;两岸一衣带水,国土实不容分裂。因此,两岸统一是时代的潮流,也是必然的趋势；未来在"一个中国"的统一大道上，应该立足在"爱"与"平等"的前提下，如胡锦涛同志说："和平统一，不是一方吃掉另一方，而是平等协商，共议统一。"也就是彼此尊重、包容，通过柔性的沟通，如此才能化解僵局，才能和平统一。所以，和谐社会要讲究"管理"，但不是"强势"的管理，有时以"柔性"的攻势，更能发挥力用。

二是自觉的管理。自觉的管理，就是"心"的管理，也就是佛教的"自觉"与"自悟"。所谓"自觉"，就是自我要求、自我检讨、自我反省、自我发觉问题，继而要懂得自己解决问题。例如自觉自己说话不圆融、做事不周全；自觉自己经常对人过分要求，乃至对自己无法信守承诺等。因此，"自觉管理"就是举凡说话、做事，都要事先设想周全，不要事后懊悔，要时时觉得自己的形象重要，自己的品牌重要，所以要自我改进；尤其要"自觉"自己一生承受各种因缘的成就，故要感恩、发心，要懂得先"舍"才能"有"。

当初佛陀也是通过自觉才能成道，所以人生在成长的过程中，有时候需要父母的教导、老师的训诫、社会大众的帮助、领导的提携、朋友的勉励；但是最重要的，还是要靠自己"自觉"。自觉就是自我成长，自我树立形象，如果自己不能自觉，光是依靠别人，就如自己的身体，血管里的血液是自己的，是自发的营养，对增进健康有最大的功效与帮助；如果靠打针、注射营养剂，总是外来的，利益有限。如果人人都能建立起自己慈悲、智慧、明理、乐观、忠诚、忍耐、守信等"形象"与"品牌"，自然能够建立和谐的社会。

三是感动的管理。人性是自私的，人有很多的烦恼、很多的意见，最重要的是面对不同的思想、习惯、经历、年龄、族群等，如何在这么多的差异之中，将人统摄起来，事实上是非常困难的。

有些人从事管理，善于以谋略在人我之间制造矛盾，然而一旦被人拆穿，就不容易为他人所尊重；有些人从事管理，喜欢用计策先试探别人的忠诚，但是一旦被人识破，就不能为对方所信服。所以最好的管理方式，应该是对人尊重、爱护，凡事"以身作则"，并且勇于承担及包容部属的不足或过错；能够用"感动"来代替"谋略"，用"施恩"来当作"助缘"，必然更能令人信服，更容易摄受人心。

长乐先生：

佛教自创教以来，就有一套独特的管理学，主要以自我发心、自我约束、自我觉察为原则。可以说具"世间解"的佛陀，本身就是一个高明、一流的管理专家。我觉得管理不是命令，不是指示，不是权威；管理要懂得尊重、包容、平等、立场互换，要让人心甘情愿，给人信心，让人欢喜跟随，这才是最高明的人事管理。

过去听过一则"剩菜的故事"，一个母亲为了家庭、儿女，一辈子心甘情愿地吃剩菜，这就是一种"感动"的管理。感动的管理，不是用规矩来要求人，而是要懂得尊重、包容、平等，彼此立场互换，要让人"感动"后心甘情愿地发心奉献，所以感动的管理不是命令、指示、权威，而是要让人自动自发，是一种"无为而治"。

十年前的一碗面

星云大师：

突然想起十年前的一件事。那天，我们一行五人在日本的藤田机场出关以后，一直到东京市区，都没有看到一家卖素食的店铺。途中经过一家自称供应素食餐点的，在旁细看他们的作料，也都是以鱼、虾熬汤，用葱、蒜调味，原来他们的"素食"观念与我们不同，只好作罢。

傍晚时分，饥肠辘辘。我提议买面回去煮，好不容易走到一家食品店，发现柜台前面排了一大队顾客。老板娘见我们是出家人，立刻合掌弯腰问好，问明原委后说："此地没有面店，必须要走到对街的后面，然后……"

依照指点，我们赶快转身寻路。没想到还是没找着，只得又绕回那家店面。老板娘看到我们一脸迷茫地回来了，便向排队的顾客宣布："对不起！今天要打烊了，害大家久等，请各位明天早来。"随后，她亲自带我们来到一家面店……我现在还记得，当时窗外寒风瑟瑟，我们每个人端着一碗热面呼呼地吃着，心里格外温暖。

长乐先生：

这就是给人欢喜、给人方便的布施吧。

星云大师：

也许有人会怀疑，布施既是给予，又怎能发财呢？其实我们应该了解，布施如播种，你不播种，怎么会有收成呢？佛教告诉我们，做功德就如种田，这块福田又分为悲田和敬田。以慈悲心救济贫苦大众，叫作"悲田"；对于长辈、师长、父母、国家，尽忠尽孝，叫作"敬田"。在敬田、悲田里面播种，都会有收成的。

长乐先生：

我觉得佛陀的意象是欢天喜地、悲天悯人的。远在西天，又切近苍生。

星云大师：

我们的国际佛光会已在配合联合国慈善工作，扩大公益面向。比如，投入南非希望工程计划、马拉维艾滋孤儿抚育计划的长期慈善行动；南亚海啸后第一时间启动"赈灾、救济、重建、心灵辅导"四大救助，认养500名孤儿；在台湾花莲市慈济基金会捐骨髓验血累计突破了30万人，成为亚洲最大的骨髓中心，捐赠骨髓上千例……说起来，我们也是在送给别人"一碗面"。

如果胜利意味着打败所有人……

星云大师:

有个故事是这么讲的。一个村子发生了械斗,非常惨烈,战到最后,只剩下一人,当这个人高喊"我胜利了"的时候,放眼望去,周围已是屋倒墙塌、血流成河。他找不到自己的家,找不到自己的儿女,甚至找不到一个给自己递一碗水的人……

长乐先生:

是啊,这样的胜利还有什么意思呢?在现代社会分工日趋细密的当下,我们的思想和心胸正在承受被分割、被压缩的困窘,而由此所导致的后果就是:我们的视野越来越狭窄,我们的经验越来越局促,我们对胜利的解读越来越扭曲。而且,物极必反,强烈的压迫感总是要找到反抗的出口。于是,本位主义、民族主义的情绪就会日趋强烈。

星云大师:

嗔恚的情绪有时就像一把野火,可能几丝风就会使它突然炙燃起来,原因是什么呢?是因为那些可以燃烧的分子还在,也就是根源问题没有解决。这个时候,如果我们还不肯用理智来调整自己的话,邪魔就会乘虚而入,把我们彻底俘虏。

这嗔恚的火,不是在外边,而是在自己的心内。嗔恚到厉害的时候,引起对人的怨恨,由怨恨而发出行为,对他人生出种种危害。从道德上看,这不是好事,从信仰上看,更不用说了。所以嗔恚之害,能灭诸善根。如果此时懂得"忍",懂得世间一切都是自他平等一如,无你我之别,无好坏之分,有此忍的修养,嗔病就不容易生起了。

长乐先生:

佛也说,无念念即正,有念念成邪。当我们偏执于某个念头的时候,事情一定会向相反的方向发展。而所谓的"无念",也就是孔子所讲的"思无邪"。能够"思无邪",才能"住烦恼而不乱",才能够无欲则刚,才能够真正获得别人的尊敬。

在跨文化的交流中,文化冲突像河流一样浪花翻卷,无始无终。从这个意义上说,近些年来被炒得沸沸扬扬的"文明冲突论",并不是什么新的创见。但是,冲突是短暂的,交融是永远的。当冲突到来的时候,如何化剧烈为平和,化对立为共存,化恐惧为自信,化抗拒为接纳,是文化冲突各方在交往中应该寻找的最佳道路。

和解是历史的正途

星云大师：

佛教是讲因缘的，一朵花很美丽，美的不只是花的自身，还有绿叶的衬托。人在这世界上也一样是因缘共生的，如同父母养育我们，师长教导我们，士农工商供应我们……血统、文化、语言、教育、生活方式、风俗习惯等多方面的充分融合，才铸就成了一个民族，所以我们要唤起海峡两岸的大家对过去中国文化的重新反思，珍惜现在的情谊，共同创造未来，共同争取中国人在世界的光荣。

长乐先生：

在佛教和中国文化的融合过程中，我们看到了二者的包容性。尽管佛教在传播经典的过程中遇到过很多文化冲突甚至迫害，但最后还是依靠自身的更新能力流传了下来。这是否和它包容了相当大比例的中国文化有关呢？

星云大师：

佛教有着和谐的性格，它和任何一种文化，都有和谐共通的内容。中国佛教协会会长赵朴初居士曾说："佛教具有群众性、民族性、长期性、国际性、复杂性。"现在看来，佛教更具有包容性、文化性、人间性、生活性、慈悲性。佛教不但能和所有宗教和平相处，而且也希望被国家的领导者运用，协助国家建设社会秩序，净化人心。

中国"儒释道"的发展已有近三千年的历史，佛教不但融合了诸子百家，甚至融合了过去的中印思想，把传统与现代紧密结合，现在更涵盖了世界所有文化的精髓。因此，当中国文化融入佛教的精神义涵，未来举世文化将无能超越其上。

长乐先生：

中国独特的"和"文化在当代世界格局中，显出了特殊的意义。孔子说："君子和而不同，小人同而不和。"和，就是阴与阳对立统一，浑然一体，是中和适中，是和解和平，是善意包容，是坦诚和秩序。由此，我也尝试着提出华人传媒发展趋势的三个关键词：到达、超越、联合，用以共勉与自勉。

历经"文革"的中国人有过切肤体验：提倡冲突论或斗争哲学，最终受害的将是提倡者自己。柏杨先生在《丑陋的中国人》中写过："洋人可以打一架之后回来握握手，中国人打一架可是一百年的仇恨，三代都报不完的仇恨！为什么我们缺少海洋般的包容性？没有包容性的性格，如此这般狭窄的心胸，造成中国人两个极端，不够平衡。"

现在，我们终于明白，和解、包容、多元才是历史的正途，才是世界的本质。

刚柔相济，东方与西方的中庸

长乐先生：

现在，凤凰卫视内部无论个人、部门，还是整体运作，都要把"规矩"立清楚。我们这一代大陆人受的教育是要"管得宽"，强调对整体的把握和责任心；香港的同事则更讲究责任内的事情尽责，决不"捞过界"。我们的规矩，就是要融合两方面的优点。在上市公司、电视频道的运作规则上，我们老老实实按规矩办，在规矩之内，你有多少个性，请尽情张扬。

要真正做到自然而然的境界，的确需要时间。这也是东西方管理的不同。同样都是追求公平性，东方讲究入情入理；而西方的管理依据是法规、制度。东方和西方管理模式的取向也不一样。东方表现的含糊合理，取其中庸，共性的东西多一些，更强调文化；西方的强调精确、理性，个性的东西多一些，注重制度层面。

星云大师：

这样的话，效率就会有不同。树干很硬，树叶很软；骨骼很硬，脑组织很软——什么样的位置，就该有什么样的质地。同时，水遇寒时结冰，久聚乌云成雨，在不同的机缘之中，也会产生不同的效果。

长乐先生:

凤凰卫视是我们与美国新闻集团合资创办的，也是香港的上市公司。上市公司的管理规则必须共同遵守，但是我们也有自己个性化的管理方式。我们现在是在东方文化和西方文化的管理模式中间，找一条最能发挥能量、最能展示身段的中性道路，崇尚刚柔共济。譬如，决策、预算、财务、投资等方面，基本上是西方的管理，为刚性管理，做得比较狠。而在涉及员工情感禀性的方面，更强调以人为本，根据企业共同价值观进行人文化的管理，也叫柔性管理。

我们的CFO叫KK杨，他17岁就到英国伯明翰大学学习财务管理专业知识，完全是西方化的管理人才。他很严谨，所以我们管他叫"韦驮"——汉传佛教里面，站在弥勒佛背后、手里拿着一根杵棍的佛。弥勒佛在大门口一坐，笑迎八方来客，大家都比较喜欢，但是没有韦驮的硬朗也不行。所以我们既有像主持人和管理层中间一些善于"笑迎八方客"的公关高手，也有像KK杨这样严格内部管理的人物。把这两个结合好，企业才有发展。

有人说，你们"凤凰"那么累，把女人当男人用，把男人当牲口用，靠什么激励队伍啊？当然，我们有自己的方式。经济上的报酬高于国内媒体是其中一个方面，此外我们做媒体跟别的企业不一样，它落地有声，有互动，有呼应，这是一种最好的回报。还有一个非常重要的方面就是我们提倡表扬与自我表扬。我坚持一天至少要讲三句表扬的话，也乐意大家表扬自己。

星云大师:

人都是有感情的，很多时候东方入情入理的管理方式也很奏效。佛光山有一个在家弟子，名叫朱家骏。他原本是通信官，为宜兰救国团编辑刊物时，我发现了他卓越的编辑才华，便请他为我编辑《今日佛教》与《觉世旬刊》。他的版面设计新颖，标题引人入胜，突破陈年窠臼，在当年台湾的杂志界编辑艺术方面有着卓著的影响。

记得他每次到雷音寺为我编辑杂志时，我总是预先将糨糊、剪刀、文具、稿纸准备妥当。晚上睡觉的枕头、被单，也都是新洗、新烫。他经常工作到深更半夜，我都在一旁陪伴，并且为他下面、泡牛奶、准备点心。他常对我说："师父，您先去休息吧。"我还是坚持等他完工，才放心回寮。遇有寒流来袭，我会将自己仅有的一床毛毯拿给他盖。

有些人惊讶地问我："您是师父，怎么倒像侍者一样对待弟子呢？"

我答道："他如此卖力地为佛教奉献所长，我怎么能不做一个慈悲的师父呢？"

菩萨心肠+现代管理

星云大师：

佛陀为了求得真正的解脱，毅然抛下荣华富贵，舍离一切五欲爱染，过着艰苦的修道生活。成道之后，他勇于挑战当时阶级森严的印度社会，以慈悲平等的真理，发出了"大地众生皆有如来智慧德相"的主张，后来又有"四姓出家，同为释氏"四海皆兄弟的宣言。佛陀慈悲平等的主义，终于为数千年来被奴役的印度人民带来了光明。

中国佛教到了明清时期，由于当政者的政策，逐渐演变成远离社会人群，封闭自守的山林佛教，使得佛教无法普度众生。民初佛教领袖太虚大师力排旧弊，倡导佛教革命，喊出"人间佛教"的革新口号。他认为学佛并不是遥不可及的事，将人做好，离佛也就不远了。我深受太虚大师的影响，渡海来台后，将"人间佛教"从寺院带入社会，从僧众带到信众，把佛法落实于生活中，期使"人间佛教"的理念发扬光大。

长乐先生：

中国佛教史上还有一个重要的事实，就是自隋唐以后，"禅宗"已成为中国佛教的代名词，而禅宗最核心处，就是把人心、自性归结为一切诸法的落脚点。后人还提出了一个"六祖革命"，认为它对"人间佛教"思想的出现提供了可能。

星云大师：

佛陀出生、修行、成道都在人间，所以佛教也是人间的佛教。"人间佛教"是佛说的、人要的、净化的、善美的，是帮助人生幸福安乐的。五戒十善、六度四摄、慈悲喜舍、四无量心都是人间佛教的主要内容。

在印度，僧团是一个引导社会道德归趣、超越国家权力的出世间团体；然而在中国封建专制社会，一切都附属于政治而存在，随君主的施政方针而起伏兴衰。民国以来，太虚大师极力提倡人间佛教，一些年轻僧侣受到大师的影响，对未来佛教应何去何从有了新的体认，致力于推动佛教的现代化。

近来，佛教曾经举办不少义学，礼请名师大德为国家造育英才，也提供了各种医疗救济、教育、文化事业，造福社会。今后，只要能对国家民生、社会大众、经济利益、幸福快乐生活有所增益的事业，佛教徒都应该去做，这叫作普济群生。现代佛教的走向必定要合乎现代大众所需；现代大众不需要的，也应该是现代佛教所不取的。

长乐先生：

我在佛光山走了一圈，领略到它的事业规模与管理，叹为观止。菩萨心肠加上现代管理，"人间佛教"好比是把云霞落成了地上的花朵。

星云大师：

自从创建佛光山以来，我一直在为教育、文化、慈善的佛教事业而努力。开办培养弘法人才的佛教学院，以及一般的社会学校；办有出版社，编辑佛教丛书刊物，办报纸，设电视台；设立养老院、育幼院、诊所等福祉设施。佛光山是希望通过佛教事业的创办，为佛教开创新纪元。

如今，佛光山在美国创办了一所西来大学，已经加入美国西区大学联盟。它是中国佛教在美国创办的第一所大学，写下了中国人在美办学的历史新页，被《圣盖博谷论坛报》记者称作"佛教的哈佛大学"。当初玄奘大师将大法带回东土，我们不让先贤，在13个世纪以后，也推促了大法西传。很希望有远见、有抱负的青年都能来西来大学就读，让中国人创办的佛教大学能媲美常春藤名校,在美国扬眉吐气。

长乐先生:
把东方文化融合于西方文化,在当今浮躁的物质世界里点燃的是智慧之灯,它所融洽的是族群关系,彰显的是人类文明。

以出世的精神，做入世的事业

长乐先生：

佛教和中国的儒教、道教一样，都是为人类提供了一种向善的路径，它们的目的都是要提升人的自主意识。人间佛教所讲的"以出世的精神，做入世的事业"，其实就是把道家的"道法自然"与儒家的"修身齐家治国平天下"有机地结合起来，从而达到"至大无外，至小无内"，直至"无为无不为"的深远意境。

星云大师：

40年前，我初到台湾宜兰雷音寺弘法时，有一位熊养和老居士经常到寺里义务教授太极拳。他是江苏人，曾任阜宁县县长，在宜兰县颇有名望。

他的侄子熊岫云先生，是宜兰中学的教务主任。正逢熊老居士七十大寿，侄子特地备了一份大礼，向叔叔拜寿。熊老居士说："我不需要你任何孝敬供养，只要你肯在佛菩萨面前磕三个头，念十句阿弥陀佛，我就心满意足了。"

侄子是一位虔诚的基督徒，哪里肯磕头拜佛呢？于是拔腿就跑。但是回头想想，叔叔是他在台湾最亲的人，心里又十分懊悔。为了了清佛教究竟用什么力量，让威德并具的叔叔心悦诚服，从此以后，每逢周三、周六的共修法会中，他都会坐在宜兰念佛会的一个角落里听经闻法。起初，他双手抱胸，桀骜不驯地听我开示佛法，渐渐地，他会合掌问候。我没有特别招呼他，也不曾劝他信佛。如是六年过去了，在一次皈依典礼中，我看到他跪在信众中忏悔发愿。他告诉我："六年来我不曾听您批评基督教不好，甚至您还会赞美。您的祥和无争，让我决定皈依佛教。"

长乐先生：

慈悲爱仁的心境，是需要长期环境熏陶，才能结出硕果的。可以想见，若社会上贪吝争恶之风盛行，则人皆盗匪；若祥和仁容之风盛行，则人人皆佛。如果人人皆佛，我们也就不必再像陶渊明那样，隐居世外桃源了。

和中国的儒道思想相似的是，禅也并不把管理当作一种控制，而是把它变成教化或教育，强调人的自我管理与自我控制。佛教管理学是一种动态管理，其管理的重心落在了人的精神世界和思想领域，这不但于整个社会关系的协调有益，也能使内部关系融洽，减少内耗。

星云大师：

一个信仰佛教的人，会处处为别人设想，认为大家都是好人，自己也不能做坏人。如果世间上每一个人都能有这种观念，相信这个世界是和谐的，人我之间就没有可争执的事情了。

举个例子说，张三把电风扇打开了，李四正坐在电风扇边上，于是大声说道："喂！我已经感冒了，赶快关掉，要不就搬到你桌上去吹！"张三不服气地说："你已感冒，关我什么事！直接吹风，我也会感冒的！现在我这里的风很柔和，我为什么要把它搬过来？"两个人顿时吵得不可收拾。

长乐先生：

有些矛盾其实是可以用机制来调节的。风扇的冲突就是由需求和供给的错位挑起的，也和机制的细化程度有关。我们来重新设想一下，如果给他们每人桌上都装备一个可以自行开关的出风口，那么吹还是不吹，张三自己决定就好了，根本不必争执；如果风又可以调节为微风、大风、涡轮风之类的，李四也就不至于担心感冒而干涉别人。

这是一个企业内常见的配置问题。许多问题的关键在于，规则确定，情感通融，是否把每个人都放在了他们自己觉得最舒适、最能发挥才能的位置上。

还有个例子，甲从外面进门，刚坐下，一阵风吹来，门"嘭"一声关上了。乙坐在里边看书，被这突如其来的声响弄得起烦恼："进来也不会随手关门！"

甲反驳道："门本来就没关，你怪什么？"两个人终于争吵起来。这也是个配置问题。在最浅显的层面来讲，办公室里人来人往，起码应该把门固定在最方便员工使用的状态，这样才不至于成为员工之间争执的由头；而这些事，需要专业分工人员负责解决。

我们常常津津乐道一些高科技企业的工作环境，比如可以穿着拖鞋上班，可以在公司里睡觉，公司里有餐吧之类，或者像很多欧洲公司，公司高层的家人医疗、孩子上学、度假、养老通通都由公司安排好。这些其实都是为了解除员工的后顾之忧，使他们不必在工作之外消耗不必要的精力，从而最大限度地把热情集中到公司业绩上来。这当然也是人性化管理的一部分。

我们一直在学习佛陀的精神，强调人的内在悟性和中庸。在具体行为上，强调合作而不是竞争。因而，我们在管理决策的制定和具体实施方面，力图统筹兼顾，避免偏颇和极端。选择了"从心"的管理，就是尊重心灵与个性，着重对心灵、思维能力、才智的开发，而不是用数不清的管理条文织成一张束缚人心的网。

星云大师：

每一个人都有佛性。管理者就是让每个员工都有机会认识自身的佛性，认识自身的能力与智慧。

西方的一分为二，东方的二分为三

星云大师：
在这个时代，佛教要想有所发展，也要与时俱进。但是，佛陀早已经确立了一个放之四海皆准的"六和敬"法则。僧团因为奉行"六和敬"，得以和乐清净。

长乐先生：
精神总是能历久弥新。"六和敬"对今人也定有参照启示。

星云大师：
"六和敬"不仅是建立僧团的重要基础，推而广之，也是建立清净和乐的佛化家庭，乃至安和乐利的社会的重要根基。佛教僧团的管理方法在"六和敬"之中，即以揭橥思想统一（见和同解）、法制平等（戒和同遵）、经济均衡（利和同均）等为管理要点。略述如下：

一、身和同住：在行为上，不侵犯人，就是相处的和乐。彼此互相帮助、尊重、包容；遇有疾病，相互照顾，平等共居，和合共住。

二、口和无诤：在言语上，和谐无诤，就是语言的亲切。说话恳切，言语柔和，和平共处。

三、意和同悦：在精神上，志同道合，就是心意的开展。不比较人我得失，不计较是非利害，心意的和悦才是当下的净土。

四、戒和同修：在法制上，人人平等，就是法制的平等。受持戒法，进退有节，仪礼有据，行住坐卧，威仪庄严。

五、见和同解：在思想上，建立共识，就是思想的统一。舍去分别执着，彼此见解一致，达成共识，此乃共同成就之前提。

六、利和同均：在经济上，均衡分配，就是经济的均衡。不论是经济上的财利，或知识上的法利，大家受用均等。

长乐先生：

这个"六和敬"，的确是团队柔性管理的一个境界。现代西方管理学现在也讲到"人性化管理"，这种管理思想的根应在东方，它和我们传统的中华文化如出一辙，和古老的佛教教义也是息息相关。

我认为东西方柔性管理和刚性管理有两点不同：首先是思维方式上的不同。西方的管理思维是一分为二，它明辨是非，一定要追究对或错；东方是二分为三的，它会寻求一个中间路线，不去追究是非，或者说也难以分清晰是非。其次是目的上有差异。西方的管理目的是要解决问题，东方管理是要化解问题。化解问题和解决问题是不一样的。解决问题，有的时候会治标不治本，解决了一个问题，又会出来另外一个问题，问题越解决越多。而化解问题，有些类似中医治病。

星云大师：

如果不能理清客观真相的线索，找出问题的根源所在，那就容易深陷其中。而只有随其自然，掌握规律，才能找出根治问题的最佳途径，使问题转化成契机。大珠慧海禅师说："饥来吃饭，困来眠。"就是该吃饭的时候吃饭，该睡觉的时候睡觉。当断不断，反受其乱。

过去，释迦牟尼佛创立教团，就是用戒律来管理。佛法传至中国，祖师大德遵循佛陀制戒的精神，创丛林，立清规。大家共同遵守，就可以安心办道，清净无诤，生活得很自然。

长乐先生:

在学佛的过程中讲究的是三学,就是戒、定、慧。在佛光山非常完整地保留了这三学的体系,它在执行中是不是很艰难?

星云大师:

不艰难。一个教团的存在,必须遵守戒、定、慧三学。戒就是规矩,定就是安心,慧就是悟道。既不悟道,又不安心,又没规矩,就不像修行人。

我年轻时就意识到,佛教最大的弊端就是没有制度,不但服装不统一,出家、剃度、传戒、教育等也都没有严密的制度。因此我从开创佛光山以后,就一直很重视制度的建立。

唯有健全的制度,才能健全僧团,才能带动佛教的复兴。但是制度也要与时俱进,必须"因时、因地、因人"而定,不能迂腐、守旧。我认为佛法真理不容更改,根本戒可以保存,一些不适合现代社会需要的"小小戒",应该加以弹性调整。

提到佛教,一般人总认为信仰佛教必须守戒,于是这也不行,那也不能,很不自由。其实,守戒才能自由,因为佛教的戒律,与人性是相通的,其根本精神是不侵犯;只有在不侵犯的基础上进而尊重别人,才能享受真正的自由。

不管理就是高明的管理

星云大师：

禅堂，一朝风月，万里晴空。从四面八方而来，感觉身心疲倦的人，想要重新调整，就进到禅堂。当然，报名、登记、进堂、出堂，都有一些规矩。他奉行这些规矩，就感觉到这是理所当然，心安理得。大家在这里彼此平等，没有差别待遇，平等就能快乐。

长乐先生：

今天有幸参观了整个斋堂进斋的情况，尽管之前我们也见过一些斋堂，但是在佛光山看到的这样一种戒律或仪规的遵循非常令人震撼，500多人的大场面，听不到杂音。在诵经的过程中，大家都是那么端庄，那么虔诚，包括他们排队走在去斋堂的路上，那样心平气和又步伐整齐。这样的管理是一种内功，在管理中体现出来对人心的管理，对人的教化的管理，是丝丝入扣的。

星云大师：

道场的管理与国家的管理尚有不同。国家要用强制性的外在的法律来管理，犯了罪就要受到制裁；佛门的戒律和规矩却是发自内心、心甘情愿的。比如排队，是大家自觉自愿地排队，没人强迫；吃饭不可以有声音，不要说

500多人，有时候几千人一起吃饭、办活动，也是这样。初学佛的人无形中也会被这种规矩、气氛所震慑。大家都以这个模式规范举止，相当于火车行驶在轨道上，飞机飞行在航道上。

长乐先生：
我们排队到斋堂，看到队伍中间有出家众也有在家众，有黑人也有白人，还有印度来的一批学者，他们在这里同样地如鱼得水。汉传佛教文化体系与来自五大洲的朋友进行沟通和对话，场面上，我们感受到了中华佛教、中华文化的力量；细微处，却体现出管理的力量。

星云大师：
其实，不管理的管理，就是高明的管理，最高的管理，是自己管理自己。中国过去的佛门丛林，组成分子早先来自社会各种行当，甚至还有江洋大盗。可是，很奇妙，只要进入丛林，进入禅堂，大家通通一样守法。在禅堂里，目的是让人开悟。但是，开悟不是那么简单，如果自身条件还不具备，心灯就不亮。所以，参禅就是要耐烦、忍耐，让禅心慢慢地融入。三个月后，再去观察，整个人的气质就不一样了，因为静下来后心境就柔软了，不像过去那么急躁、强硬。自在解脱，所以身心快乐。

长乐先生：
尽管您已经从管理的一线完全退出了，但是您所形成的这样一种体系、一种制度，包括您的这种心态，留给了后来的管理者。

星云大师：
佛教是一门最好的管理学，阿弥陀佛、观世音菩萨都是管理专家。阿弥陀佛把西方极乐世界管理得那么美好，没有坏人，没有交通事故，没有政治迫害，没有经济恐慌。观世音菩萨救苦救难，让众生没有畏惧，随类应化，观机说法。

很多佛教经典,都可以应用于人间的管理。《佛说孛经》就是一部政治的管理学;《维摩诘经》就是一种社会的管理学;《地藏经》就是地狱的管理学;《弥勒上生经》就是天堂的管理学。

管人难，管心更难

长乐先生：

每个企业面临的环境条件千差万别，企业性格也大相径庭，而成功的企业都有相通之处，即大多可归结到"人"上，"人"又可归结到"心"上。

星云大师：

管理的妙诀，首先须将自己的一颗心管理好，除了让自己的心中有时间的观念，有空间的层次，有数字的统计，有做事的原则，能合乎时代与道德以外，更重要的是，让自己心里有别人的存在，有大众的利益。这样才能够将自己的心管理得慈悲柔和，将自己的心管理得人我一如。以真心诚意来待人，以谦虚平等来待人，才算修满"管理学"的学分。

长乐先生：

很多企业家都有这样一个困惑：一方面热心于公益事业，有文化取向，但同时又要追求企业盈利，维持良性循环，所以还要有非常强的企图心，这是相互矛盾的两个方面。不过从大师的佛学角度来说，我们应该用平常心来对待各种事物。那么怎么才能将平常心和企图心有机地结合在一起，有一个很好的平衡？

星云大师:

你讲的平常心,就与禅心相应了。我认为对公共的事业,对国家社会大众的事业,要有企图心,但是,对个人的功名利禄就要有平常心。所谓用平常心看淡,就是不那么计较,不那么着急,也就是有出世的思想,如此才能做好事业。台湾有一家天下文化公司,为企业界出版了很多书刊,书中提到过去一些企业的经营策略叫"红海策略",就是大家竞争得你死我活。现在企业界也觉悟了,与其竞争到最后两败俱伤,不如提倡"蓝海策略",就是让大家和平友爱,你帮我,我帮你,皆大欢喜。

长乐先生:

现在企业竞争是很激烈的,各种类型的企业之间都有明确的竞争目标。在这种环境下,怎样做到大师说的双赢呢?比如说现在常常提到的"迎合",既要"合",又通过"迎"来"合"。还有就是"竞和",在竞争中做到和谐。我想从大师这里获得一些新的解读角度。

星云大师:

好比武林人物,虽然武功盖世,也不会无端伤害别人、消灭别人,为什么呢?因为即使胜利了,也胜之不武,消灭了,以后就没有对手了。所以,不管文治武功如何兴盛,人才是最重要的,尊重、包容是基本的,愈上位的人愈要谦虚。

有一年,台湾陷入经济恐慌,大家为了年终奖金、加薪,游行示威,社会动荡不安。我们佛光山也有退伍老兵在这里服务,我跟他们开玩笑说:"你们也拿个小旗子,到我们的门口摇旗,要求加薪。"一位老兵说:"我们不要。"我问为什么?他说:"比金钱更宝贵的东西,就是尊重。我们在这里服务,法师们每天见到我们,合掌、点头,跟我们讲老伯早、老伯好,我们在精神上就很富有了。我们不要加薪,我们要人尊重。"所以,我说这个世界人与人相处,最好的管理就是尊重他,爱护他,善用他。

长乐先生：

从西方管理学角度来说，包容和管理原本是对立的，但是在大师的管理学实践中，包容占了非常重要的部分。

星云大师：

管理事情是比较容易的，因为事情不讲话；管理金钱也好管，只要是你的，随你处置；只是管人难，管自己更难，管心最难。

长乐先生：

管人先得管心，管别人的心得先管好自己的心。

星云大师：

身教重于言教。今天，承蒙你们都称我一声星云大师，我实在是一个贫苦家庭的孩童，根本没进过正规的学校，谁在教育我呢？我身边几百万的信徒。因为有那么多双眼睛，那么多只耳朵，我不敢抽香烟，他们不容许我；我不敢喝酒，他们不容许我。所以我要感谢他们，因为他们关怀我，让我自觉做表率，要正派，要勤劳，要明理，要警醒，也依着他们的需要，我才能成为一个受人尊敬的出家人，做个一辈子和信仰同行的人。

捌·信远

苏东坡悟禅有三境界：不识庐山真面目，只缘身在此山中；到得原来无别事，庐山烟雨浙江潮；溪声尽是广长舌，山色无非清净身。

信远是阳光土壤，生长风标高峻；是无声的觉悟，有声的事业；是硬骨慈心，机缘担当。

千江有水千江月，万里无云万里天。

善恶若不报，乾坤必有私

星云大师：

我记得台湾那次"9·21"大地震，有户人家供的佛像从桌面上倒下来，翻了几滚，又站起来。我们有位法师叹说，这佛很灵，地震都没震碎。我说你错了，这尊佛像是木材做的，所以没有碎。佛像被地震震坏属正常，重要的是，我心中的佛像没有倒，我对佛教的信仰不会倒。

长乐先生：

中国社会在对佛教的复兴问题上，已经有了一些基本的认识。一直以来，佛教在我们心目中都是一个富有爱心、善良的宗教。如果不给一个空间，一个确定的地位，当信仰危机出现的时候，邪教就会乘虚而入，这是我们需要正视的问题。

星云大师：

在各种信仰中，正信的宗教给人的力量最大，尤其一旦对佛教的真理产生了信仰，则面对人生一切的横逆、迫害，不但不以为苦，还能甘之如饴地接受。信仰真理的力量，使我们有更大的勇气面对致命的打击；使我们有宽宏的心量包容人世的不平，继而改写命运。而正信的宗教，必须具备四个条件：一、有历史考据；二、世界公众承认；三、人格道德完美；四、能力威势俱备。

长乐先生：
尼赫鲁把佛陀的人格看作印度人民崇高精神力量和智慧的象征。他担任印度总理后，强调甘地的非暴力学说和包容哲学的重要性。他说："我们从阿育王、甘地和其他思想家与政治家那里，所继承下来的'自己生存，也让别人生存'的非暴力、宽容、共存的哲学，是解决我们现时代各种问题的唯一可行的方法。"

1954年6月，尼赫鲁与周恩来签订了中印两国政府联合声明，共同提出"和平共处五项原则"。在联合声明中，尼赫鲁就借用了佛教术语"潘查希拉"（Panchasila，即"五戒"）一词来表述这"五项原则"，他说："印度是佛教的祖国，向世界宣扬佛陀的和平主义，是我们每个佛子都应有的责任。"

星云大师：
佛教所讲的"因果业报"对人心的自律、社会的净化，都有很大的裨益。我们佛弟子，只要一天身受佛恩，就要努力于佛法的弘扬光大。

长乐先生：
弘一法师在《李叔同说佛》这本书里面也做了非常多的说明，他有一个重要的批注："善恶若不报，乾坤必有私。"现今研究这句话，更有特别的含义。我们不能让乾坤有私，不能让善和恶得不到它应有的回报。

一提到佛教，一提到因果轮回，很多人就会说，现在你怎么又迷信了？我要说的是，在新的历史时期，选择研究佛教，选择弘扬佛的精神，不是倒退。

星云大师：
你说得很对，这是佛教的光荣。其实，中国佛教经过与中国本土文化几千年的融合演变，早已水乳交融，难分你我了。时至今日，它已经不再只是古老的宗教，而是一种博大精深的传统文化。佛教是般若智慧，是辨识宇宙真相的道理，是认识自我的"千古长夜一明灯"。这个光明如果失去了，是黑暗，很可怕。

重振勇气，向死而生

长乐先生：

如今，世界正在全球化，企业正在同质化，人们正在世俗化。不同的个体生命和文化，变得越来越相似。人们读同样的书，说同样的话，用同样的方式表达思想和情绪，而那些独行天下的个性、雄视宇内的志向、张扬生命的狂舞，正在被冷落和压抑。

很多人都喜欢问成功人士：你成功的经验是什么？我看到答案里"能力""努力"之类的词语很多，但我觉得，成功和人体内的生命密码有关。只是这种密码的修整和完善，与后天修为的结果有关。

星云大师：

所谓"万物因缘而生"，十年苦读也好，艰苦努力也好，如果没有合适的机缘，仍然不会成功。当年我初到台湾的时候，孙立人将军曾试图说服我还俗从军，还保证让我十年之内当上将军。虽然我当时处境危困，但还是未改初衷，继续了弘法之路。如果当年我斩断佛缘，投身戎马，那么现在也就看不到佛光山120尺的大佛，全世界近200所佛光山的道场自然也就不存在了。其实这样的转折机缘，每时每刻都存在着。有的时候，一个不经意的选择，也可能会改变人的一生。

长乐先生：

的确，就像一个手电筒，如果没有装满合型号的电池，没有人启动开关，没有把它投射到合适的背景上，恐怕都不会显出光芒。礼花再美丽，如果没有人点燃，它也只是裹在纸箱中的一小团火药而已。所以，儒家讲："古之欲明明德于天下者，先治其国；欲治其国者，先齐其家；欲齐其家者，先修其身；欲修其身者，先正其心；欲正其心者，先诚其意；欲诚其意者，先致其知。致知在格物。"

几乎儒家的所有传道者，都在强调"正心""诚意"和"致知"。因为他们知道，这些都是"明明德于天下"的根本。

星云大师：

儒家说："修身、齐家、治国、平天下。"家的根本在个人，个人修身后，有了高尚的修养，才能齐家，家齐后才能治国、平天下。佛教亦云："仰止唯佛陀，完成在人格。"学习佛陀的精神，要能克己复礼，道德自律，才能开发光明的智慧。由此可知，不管哪一种宗教，都非常重视修身之道，因为修身才能去芜存菁，修身才有光明磊落的胸怀，以及择善而行的节操。历代贤者，能为众人表率，皆从自我修身做起。

长乐先生：

可是，现代人的特点就是忙。我们的日程已经被排得不能再满了。在激烈的竞争下，我们根本没有时间先去摸清整个宇宙的规律，再做选择。而且，我们也许穷其一生，也未必能如愿成佛。

星云大师：

就像攀岩，如果你已经爬到了半山腰，突然觉得腿脚酸胀于是停下来，脚跟踩在半空，向上一望，望不到头；向下一探，自己整个悬空。这时候，什么状况更可怕呢？

长乐先生：

犹豫。停在半空中要花费的力气，和继续上山花费的力气其实相差无几。战场击鼓，再而衰，三而竭。攀登险峰最初的原动力就是勇气，而一旦勇气消耗殆尽，上不着天下不着地的山崖，更让人魂不附体。这时候，只有重振勇气，才能向死而生。

星云大师：

对。佛教讲，心无所住，便妄念不生；妄念不生，便没有恐惧；没有恐惧，眼前就只是一块又一块落脚的山石，危崖自然也如平地。

危机：危险之中有机会

长乐先生：

美国19世纪著名哲学家爱默生说："我们要用自己的脚走路，用自己的手操作，说自己心里想说的话。"这番话对今天的中国传媒来说，仍有深意。19世纪初期的美国，生活在大英帝国的阴影之下，英国的批评家非常蔑视美国的文字与作品。但是不久后，随着美国人对文化出版业、传媒业的激情演绎，一大批世界著名作家、记者在美国出现，使世界为之折服。

当下，面对国际传媒集团在中国咄咄逼人的攻势，中国媒体的海外军团还走在一条布满荆棘的道路上，中国媒体和海外华人媒体在对外传播上，还缺乏话语权和影响力。这是让人不得不正视的危机。

在中文里，"危机"这个词的构成很有意思：危险之中包含着机会。比如凤凰卫视的应运而生，是时代的呼唤，也是物竞天择的结果。向世界发出华人媒体的声音，应该说是天意使然。我们放不下危机感，也放不下使命感。

星云大师：

过去四川有两个人，同时发愿朝礼普陀山观世音菩萨。其中一人表示：我筹妥资粮，备好船只，就会顺江而下，朝礼普陀。另外一人，身无资财，沿门托钵，徒步而行。时隔多月，徒步者已朝拜过普陀山，踏上归途；可是前一个人还未购妥船只。

凡事不能久等。很多时候，谨慎地等待都只是徒费光阴。遇到机遇，不停地左顾右盼，无疑是在消耗生命。所以，只要是对大众有利、对世界文明发展有利的事，都应该及时把握，努力去创造，不要错失机缘，终生为憾。

长乐先生：

"凤凰"在香港上市时，将近10亿元港币一分钱也没套现，这在上市公司中是少有的。我们用这笔钱办了一个24小时的新闻台——资讯台，做新闻的采集者，也从全世界的中英文媒体上收集、整合新闻资源，以华人的视角解读。我们一路上精打细算，巧取不豪夺，搞新闻深加工，既节约成本，又包容百家。可是，万万没有料到，资讯台很长时间里真的成了一个"空中的凤凰"，国内有关部门的政策调整使其在大陆落不了地，在台湾落地计划也遭遇挫折。一时间，雪满长安道，空看时光老，我们的万丈雄心被泼了一盆寒冷刺骨的冰水。近200名新闻从业人员的生计啊，亏损1.6亿港元，还办不办？开了数次董事会，部分股东和投资银行的意见是关门大吉。我心中的压力和委屈是无法说出来的，我对提高华语媒体世界地位的一片赤诚也是难以表达的。真是伤痕累累，血湿战袍。

让我非常感动的是，两个独立董事鼓励我："无论如何，咬着牙也要坚持下去。"他们本来代表股东利益，在成本分析上经过了精确的核算，确保公司不亏损。但是他们更具有专业眼光，看准了品牌效益和长远利益，坚定地支持我。至今想起，我仍然心存感激，佩服他们的胆识。

在最艰难的那两年中，我去了一次五台山的五爷庙，许了两个心愿：一个是求受伤的凤凰女主播海若苏醒；一个是求资讯台落地。结果10天以后，海若醒了。又过了大约半年，资讯台被大陆批准有限落地。中国以开放的胸怀接纳了凤凰资讯台。

憨商之道是聪明

长乐先生:

我们很早引进播出了韩国电视剧《商道》,讲述的是一个憨商的发展史。国内一些企业家告诉我,他们深受震动。说到底,做人做事靠一个"实"字。"实"看似憨,最后证明最聪明。憨商一路上可以广得健康、快乐、友爱。

星云大师:

1946年,杭州武林佛学院院长会觉法师(太虚大师的弟子)在开学典礼上说:"我一生中最讨厌的就是聪明的人。"为什么?因为许多人聪明反被聪明误。人笨拙不要紧,只要肯脚踏实地慢慢做,慢工出细活,从笨拙中启发的灵巧聪明最能靠得住。所谓笨拙者,为学不求急取,做人不想巧取,稳稳当当,本本分分地做人做事。

中国人常笑日本人笨,呆板,不懂取巧。有一次,我在日本一家饭店的楼上,看到一辆卡车开到十字路口,刚好红灯亮了,此时是凌晨2点,马路上一个行人也没有,那辆卡车却停在斑马线前等了一分多钟,直到绿灯亮了才继续前行。

日本是世界经济强国之一,而日本国民的巧,是从笨拙、从守法之中取得的。

禅宗大德有的看到桃花开放而悟道，有的听到婴儿哭声而明心见性。不过，这种大道一以贯之的灵巧，绝非偶然得之。即使生来就有的佛性，也是要从多少经历中，多少笨拙里才能开悟贯通。

长乐先生：
所以，老子讲"大巧若拙""返璞归真"。在很多问题上，"凤凰"就一直在追寻中国古老哲学的光影，甚至不惜与现实的潮流反其道而行之。比如说，晚间节目的黄金时间段，别的电视台一般都用来播电视剧，广告收益高，而我们就在播一档叫作《凤凰大视野》的节目。这种逆潮流的电视行为让很多人认为我们疯了——"播电视剧的黄金时段，你也敢拿严肃文化和它们去对打硬拼？"我们的确是疯了，硬是跟它拼了一回。结果呢，我们得到了非常好的观众反响，这个用严肃文化作为主线的黄金时间段节目，一年收到了9000万的广告费，这是始料不及的。我们的愿望、我们的诉求，终于能够和市场的运作非常好地结合在一起了。

星云大师：
当今的传播媒体在收视率挂帅的歪风下，充斥着过多暴力、色情的负面因素，不仅没有净化人心，反而是戕害人心。媒体有责任提供善美的、知识的、趣味的、感动的信息给社会大众。从升斗小民的心声传达、社会普罗大众的教育，到重大的政经问题的分析、督促国家社会改进，媒体都扮演着举足轻重的角色。希望传播媒体能多加报道世间的温馨面、光明面，让人感动欢喜；多赞扬社会温暖的一面，少一点负面思考，多一点人性积极面，才能为社会带来一股清流，使人心向上提升。

我们欣赏身处困境仍微笑的人

长乐先生：

"凤凰"的一位观众写来一封信,说非常钦佩窦文涛和曾子墨两位主持人,他们是追求良知的主持人,《文涛拍案》和《社会能见度》是追求良知的节目。也许,对"良知"这个词,许多人已经感到陌生和遥远了。但作为一个视诚信为生命、讲究社会责任的媒体,凤凰卫视应该帮助人们发现良知,追求良知,传播良知。纵然有环境、政策、市场的压力,但是"凤凰"不会放弃自己的追求,因为良知代表了人性中最崇高的情感。

星云大师：

正如鉴真大师所说:"为大事也,何惜生命?"为了人间的安乐,人民的福祉,为了世界的和平公理,更当奋斗不懈。只要具有强烈的使命感,就能增添无限的力量。

长乐先生：

在我们现今的社会里,企业、行业的竞争越来越激烈。竞争其实并非坏事,因为它是保持社会活力和人们实现自我的最大机缘。有时候,冲突越激烈,胜利也越光荣。我们欣赏身处困境仍能微笑的人,欣赏能从痛苦中聚集力量，从反省中激发勇气的人。

星云大师：

竞争的行为，就是进步的动力。竞争力不是打倒别人、破坏别人，而是自觉、自发、自动地培养自己的实力，诸如有学问、有修养、有知识、有远见、有心胸。尤其在全球化的时代，要有国际语言、国际观念，才有国际竞争力。

过去，国与国之间都是以武力相互竞争，现在则以经济、文化，甚至以改良农工产品、培养科技专业知识作为竞争目标。比如现在台湾的企业团体，讲究多角化经营、策略联盟、集体创作。有这些觉悟，就能增加竞争力，则未来的发展也就无可限量了。

以无声的觉悟，求有声的事业

星云大师：

常常有人问我，为什么要追寻涅槃呢？这时我也会反问他，为什么不呢？难道我们的人生足够幸福吗？难道我们的生命足够圆满吗？难道我们的生活中没有力不从心的愿望和遗憾吗？

长乐先生：

人的生命，从时间上说，只短短百年，质量不高的话，五六十岁就已疾病缠身，所剩时间，不过风烛残年。在空间上，我们这些七尺肉身之躯，"大厦千间，夜眠不过五尺；良田万顷，日食不过几碗"，面对着这样有限的生命，我们如何能不思索、不修悟呢？

星云大师：

佛教说人生、世间都是无常的，世间没有永恒不变的东西。根据科学家研究，组成我们身体的细胞，时时都在新陈代谢，每七日或七年就是一个周期，尤其七年一次的新陈代谢，能使我们完全脱胎换骨，变成另一个人。

"无常"是佛教的真理之一，然而一般人不了解无常的真义，因而心生排拒，甚至感到害怕。其实无常并不可怕，因为无常，才有希望；因为无常，才有未来。

长乐先生：
如今的世界，是一个各种冲突交织，各种关系混杂，各种欲望张扬的时代。昙花一现多了，铁树就成了稀罕；急功近利多了，气定神闲就成了坚守。树木、楼房、城市、频道、梦想都在拔地而起、见风生长，都在印证"变是不变"的真理。

不管这个世界如何沧桑变化，总有一种情怀是亘古不易的，那就是人类普适的价值观——真诚、友爱、善良、宽容、民主、多元、和平、自由等等。它们决不会因为时空的变化而变质，因此，于大地它们是根本，于人类它们是灵魂。

星云大师：
还有一种价值观是永恒的，那就是美德。人可以没有金钱、名位，没有显赫的家世、殷厚的背景，但不能没有美德。什么是美德？诚实、信用、庄重、整洁、礼貌、守时、慈悲、正派、风趣、正义、慷慨、幽默、责任、良心。美德是一种内涵，是一种人格的芬芳，是自然的气质所散发出来的一种高贵的品位，让人心怡，让人向往，让人赞美，让人崇敬。美德要在谦冲中养成，在忍耐中成长。有美德才有人缘，有美德才有名声，有美德必然会有好因好缘。

长乐先生：
面对短暂无常的人生，汽车大王福特先生认为，假如我们不能将一生的经验转接到未来，那么此生的工作只是转瞬即逝的徒劳；如果世界的文化宝藏不能留传给后世，那么，这个世界哪里还有历史可言。

星云大师：
知识的获取只是个人生活中的一部分，知识的传承也很重要，将自己的技术、才能、经验传授给人，在佛教里称作"法布施"，这不仅能改善人们的生活，还能开发人类的智慧，利益更多人，实在是功德无量。现在各行各业也都讲求经验传承，以培育新一代优秀人才来延续事业的发展。不吝于传授知识的人，会在历史上留下功德。

千江有水千江月，万里无云万里天

长乐先生：

小时候我读俄罗斯的《船长与大尉》，里面有两句话一直记忆犹新：一句是"探求奋斗，不达目的誓不甘休"，另一句是"永远做一个出类拔萃的人"。出类拔萃不见得就是出人头地，但在某种意义上讲，一个有追求的人就是出类拔萃的人。

人类因梦想而伟大，因梦想而实干。动物只为生命所必需的食物所激动，而人，却懂得为遥远的星辰——那毫无功利主义的光线所激动。"凤凰"十年，还只是蚕蛹破茧，未来远在凤凰涅槃。

星云大师：

人生不能没有梦想，人总希望自己能"美梦成真"。莱特兄弟飞机升天，富兰克林发现电力，乃至近代的品种改良、山河改道、登陆月球等，都是人类的梦想，现在不都一一成真了吗？我本人连小学都没有进过，但现在凭发心创办了数所大学；我本来是一个到处挂单的行脚僧，现在也能在全世界创建几所丛林寺院。因此，一个人只要有发心、有悲愿，还怕不能成功吗？

传说鸟窠禅师在一棵枝叶茂盛、盘屈如盖的松树上栖止修行，好像小鸟在树上筑巢一样。时常有人来请教佛法。

有一天，大文豪白居易来到树下拜访禅师，抬头一望，道："禅师住在树上，太危险了。"

禅师答曰："太守，你的处境才危险。"

白居易不以为然："下官是当朝重要官员，有什么危险呢？"

禅师说："薪火相交，纵性不停，怎能说不危险呢？"

白居易领悟到他是指官场浮沉、钩心斗角，转个话题又问道："如何是佛法大意？"

禅师回答："诸恶莫作，众善奉行，自净其意，是诸佛教。"

白居易听了很失望，说："这是三岁孩儿也知道的道理"。

禅师道："三岁孩儿虽道得，八十老翁行不得。"

白居易顿时悟道。

后来，白居易又以偈语请教禅师："特入空门问苦空，敢将禅事问禅翁；为当梦是浮生事？为复浮生是梦中？"

禅师也以偈回答："来时无迹去无踪，去与来时事一同；何须更问浮生事，只此浮生是梦中。"

人生如幻如化，短暂如朝露。然而，如果你能在有限的生命中体悟到"无生"的道理，认识到"动静一如""生死一体""有无一般""来去一致"的人生真谛，放宽胸怀，空出心智，合于自然，从而超越智勇奇巧，超越悲喜荣辱，超越沉浮生灭，超越时间"去""来"的限制，那么，你的人生将会于无尽的空间中绵延而去，直至进入生命本真永恒的圆满之境。

长乐先生：

毛姆说过，假如你非最好的不要，十之八九能如愿以偿。这可能是我们做事的因，也是成事的果。我很喜欢大师题过的两句古诗，它也像一副对联，可包容下"包容"的禅意，那就是："千江有水千江月，万里无云万里天"。

跋：智慧的艺术

张 林

一

两千多年前，两位流浪者最终影响了30亿东方人的思维方式和精神力量。

公元前6世纪，生产力的发展使人类中出现了专门以传授知识和思想为生的思想家和教育家。这时，一位流浪政治家从黄河边走来，进入了历史的视界。他周游各国，传播自己的政治主张和为人处世之道。他就是孔子，天生具有民本思想，到处推广仁义礼智信的人。他敞开课堂，不论是贵族还是平民，只要交纳十条肉脯的见面礼，就可以入学。他先后招收弟子3000多人，这些人成为中国文化发展与传承的主要枝干。

几乎与此同时，在恒河流域的一棵菩提树下，一位流浪思想家正盘腿坐在那里苦思冥想。他是古印度的一位王子悉达多，也就是后来的释迦牟尼。据说，在他冥想悟道的过程中，曾受到魔罗及他的三个女儿的诱惑。那三个女儿长相迷人，却分别代表无知、贪欲和憎恨。悉达多战胜了她们，表示他已经克服人性之中最难以克服的三大弱点，找到了解决问题的办法。同时他也领悟，只有健康的身体和愉快的心情，才是追求智慧的基本条件。

智者总是孤独的。两位流浪者在短暂的人生舞台上，各自上演着思考者的独角戏。这是一种没有回声的孤独，他们为自己而苦，也为人间而思。

在一次次沮丧、失意、不被理解、难以沟通的宣讲中，在寒冷、酷热、漫长得无以复加的长路上，他们不屈不挠地向学生和民众讲述他们对世界的理解和对人生的看法。他们的思想像野草的种子一样，随风飘荡，有的落地生根，艰难地生长；有的则烟消云散，不知所终。当时没有人能相信，就是这两位流浪者的智慧，最终奠定了中华文化和佛教文化的基石。他们的基本思想和理念，至今渗透在东方人的言行中。孔子及其创立的儒学成为中国文化的主轴；释迦牟尼的佛教成为世界信仰人数最多的宗教之一，成为东方智慧的一处源头。

历史的大河滔滔流淌，不舍昼夜，在求索真理的过程中，中华文化和佛教文化水乳交融，最终融为一体。

二

佛教传入中国的时间，也许比西方纪元还早。

佛陀微笑着走进中土，大度地改变自己，诚恳地包容他人，终于成为中国文化的一根支柱，形成了儒释道三教并存的文化架构。

后来，她的一些节日成了全民的快乐，她的特定语言成了全民的语言，她的某些观念，成为国民集体意识的一泓清泉。

中国佛教尤其强调包容。倡导慈善亲和，严于律己，宽以待人，挚诚简朴，珍惜百物，看重因果等等。

佛教的高僧把中国佛教立为"二科"。一科针对"尘世"中的信徒，要求必具"奉上之礼，尊亲之敬，忠孝之义"，这是标准的儒家政治伦理；另一科是"出家修道"，在礼制上与世俗社会不同，但在"协契皇极，大庇生民"，则与"处王侯之位"者没有什么区别。这种佛教的出世主义被解释为，在具体的政治形式、善恶是非上应当超越，而在涉及国家纲常、生民存亡上，决不含糊。所以才有少林寺十三棍僧救唐王的传说，才有栖霞寺在南京大屠杀中解救数万民众的义举。

三

什么是人间佛教？为什么会提出人间佛教？

在人们印象中，佛教一直是出世的、消极的和不关心现实社会的。20世纪初的中国社会，乱象迭生，宗教界也出现了一片混乱与迷茫。太虚大师就在这时提出了佛教改革，主张自觉适应近代社会需要，"从山林回归人间"。

太虚1890年生于浙江海宁县长安镇的一户中产人家，1岁时做泥水匠的父亲病逝。5岁时年轻的寡母再嫁他乡，他由外祖母抚育成人。他少时怯弱内向，16岁出家，学佛读经思维敏锐，记忆力和悟解力出众，常被老法师们赞为法器。在20世纪30年代初，太虚提出了"人间佛教"的概念。"人间"一词包括地球全人类。"人间佛教"不是希望人们离开人类去做神做鬼，或皆出家到寺院山林里做和尚，乃是"以佛教的道理来改良社会，使人类进步，把世界改善的佛教"。

太虚的"人间佛教"思想中，人生佛教是其中心。他认为，佛教不应只关心死后的问题，应多注意现实的人生。他说："人生，不论古今中外的宗教贤哲，总是教人为善，与人为善，向上进步以养成完美的人格，增益人类共同的生活，以求安乐、和平。佛教于充实人生道德，极为注重，人生佛教尤以此为基本。"

以此为指导，太虚在中国的抗日战争中，或启迪民众，或周游列国，为国家民族鼓与呼，成为德高望重的一代宗师。

四

太虚大师，星云大师，一脉相承。

"人间佛教，就是拥抱众生。"星云身体力行地继承、光大了太虚的理念。

星云大师用他自己直率雅致的方式，给人们讲述了一个生命本质的故事：

一位高僧大德的长者，踽踽独行于一条最艰辛的山路上，攀登了一座别人无法企及的高山，如今站在山顶，他向问询的年轻人回答一路上来的心境：

"是一步一步往上爬的，不是一步登天的。"

爬到山顶，回首自己的脚印却是："动容扬古道，处处无踪迹。"

凤凰卫视与星云大师结缘竟也是佛陀的引领：

2002年2月22日至3月31日，中国政府以"星云牵头，联合迎请，共同供奉，绝对安全"十六字授权，星云联合台湾佛教界共同达成恭请西安法门寺佛指真身舍利来台供奉协议。凤凰卫视经过重重协调，对此项盛举同步转播，以"一月印三江，雷音震两岸"的专题报道，使千载难逢的盛事唱响于海峡两岸。海内外众多华人同胞得以一饱眼福，同沾法乳滋养。星云大师与刘长乐相识结缘。

佛经描述释迦牟尼佛的气度与教化众生的风范时，常以凤凰王来形容。《大宝积经·清净陀罗尼品》说："佛没密迹力士宫殿。犹凤凰王还住灵鹫山。"《度世品经》说："树心一切智，坚住足飞行，如鸟独游行，慈愍为明曜。教化如凤凰，众生无能逮，拔度生死海，立志上泥洹。"描绘出佛陀的一种和美宽阔的气质与光彩。

凤讲和美，佛讲大爱。

在传播中华文化的过程中，星云大师与长乐先生的共同体会是：佛教文化是超越政治、超越地域、超越民族的，是连接全球华人的一座桥梁。

五

2007年是佛光山开山40周年，适逢星云大师八十高寿，他宣布"封人"，即所谓的"闭关"。自许80岁以后的人生仍要多为佛教、大众做事，将不再有公开演讲，把更多时间用在阅读、写作上。

"封人"之前，大师前往欧洲进行一个月的"弘法之旅"，在梵蒂冈与教宗会面，在日内瓦国际会议中心演讲"融合与和平"，听众超过千人。2006年12月在香港红磡体育馆的四场佛学讲演，听众更是多达四万。在中山大学为凤凰卫视《世纪大讲堂》录制的演讲《般若的智慧》，被称为"收山"之作。

带着崇敬的心情，凤凰卫视董事局主席刘长乐先生于2007年元月前往佛光山，与星云大师进行了几次对话。

冬日佛光山，空气中弥漫着湿润的气息，苍林掩映着庙宇，盈盈檀香和潺潺溪水，袅袅梵音和曚曚天光，交织在一块人间净土中。

星云大师与长乐先生相向而坐。人们看到两位的相貌，皆叹"与佛有缘"。

身着袈裟的星云大师办报、办杂志、办电视台，堪称"媒体中人"。一袭中式衣衫的刘长乐由于对佛教文化的推崇和热心，亦算与佛有缘。

二位智者，各具视野，款款道来，已见包容。

谈中华文化，谈人生履历，谈生死意义，谈现代管理……其中的核心，就是"包容"。大千世界，芸芸众生，上下五千年，纵横八万里，智慧的典籍，浩荡如烟海，但仔细想想，"包容"二字堪已囊括。包容修的是心，包容炼的是心，心一点一点扩大，大到能包太虚，能盛宇宙。如果说做人、成功要靠智慧，包容就是智慧的艺术。

六

一位被尊称为"撒切尔夫人"的英国女性无意中的一句话刺痛了我们。她说，中国不会成为超级大国，"因为中国没有那种可以用来推进自己的权力，进而削弱我们西方国家的具有国际'传染性'的学说。今天中国出口的是电视机而不是思想观念"。

"铁娘子"的本意是批驳"中国威胁论"，却在不经意间说出了一个事实：一个真正的大国，不仅仅是靠给世界贡献多少GDP，它还必须在文化、思想、人类的价值观上，拥有影响和引导这个世界的力量。那么，我们到底有没有真正能够影响世界的价值观呢？

包容的哲学，和谐的目标，就是我们贡献给当今世界的具有"传染性"的学说。

"和"是中国文化传统的基本精神。

佛家讲究众生之和，道家讲究天地之和，儒家讲究人伦之和。其中佛教之"和"，更是经典。佛教十善，以不杀为首；佛教五戒，列戒杀第一。作为世界信仰人口最多的三大宗教之一，它要求对所有生命个体都采取慈悲有加的态度，强调众生平等，人人都可以成佛，反对所谓"先进"文化征服"落后"文化，反对以文化信仰名义动用暴力。

毕加索用和平鸽和橄榄枝精妙地概括到达和平的途径。

中国人用"包容"含蓄地指明实现和平的方法。

包容有五个层次：

——兼容。异中求同，同中容异，同则相亲，异则相敬。

——交流。加深理解，消除误解，取得谅解，增进共识。

——对话。尊重差异，不唯我独尊，不制造麻烦，不加剧对抗。

——共处。"己所不欲，勿施于人"。

——进步。要进步而不要倒退。

当年，清王朝强行在汉族中推行满族服饰，引起了激烈的对抗，有"留头不留发，留发不留头"的严苛与血腥。但是，百年过后，汉满服饰的融合，造就了美丽典雅的旗袍。惨烈的血色之花结出了线条柔美的果实。

同理，东西方的文化冲突与交流必然会给我们许多陌生，许多痛苦，许多难以忍受的观点、方法和态度，但是，当我们主动或被动地去容忍或接纳时，结果总会出人意料。回首东西文化冲突与磨合的历程，似乎可以这样认为：

方式是坚硬的，结果是柔和的；

妥协是困难的，利益是共享的；

容忍是痛苦的，收获是圆满的。

每一种生存都有生存的道理，我们感谢赞同我们的人，也敬重那些持反对意见的人，他们是镜子和鞭子，让我们发现自己脸上的灰尘，鞭去我们身上的惰性，激发我们新的活力。

附　录

佛教智慧的真义

——星云大师《世纪大讲堂》演讲录

曾子墨：

对于很多中国人来说，应该觉得佛教并不陌生，因为这是一种源于东方的智慧，它教给我们独特的生活态度和思考方式，但同时，也会有很多人觉得佛教其实相当陌生，因为佛学的典籍浩如烟海，尽管我们可以从中领略到佛学的魅力，但是却很难真正地去掌握佛教本源的生命与智慧。今天我们很荣幸地邀请到了一位凤凰卫视的老朋友，他是一位把佛教从圣坛带到人间的使者。

星云大师：

今天我要讲"般若的真义"。因为智慧虽可称为般若，但不完全能涵盖般若的意思。比方哲学家、科学家都有智慧，这种智慧是对外界东西的分析、分辨、解释，但是般若，就好像一面镜子，不论什么东西，往前一照，都能映现出原来的样子。我们也可以把般若看成很神秘、是佛教教理专有的名词，但般若其实就是我们的宝藏，是每个人的心。我们的心有肉团心，有分别心,有私心,有种种的心,但是般若心是平等心。这个平等心,是世界上"至高至大至美"的,就如太阳,哪里有空间,它就照到哪里,没有偏心。像大地,它平等地普载大众,也不偏心。像空气,只要有空间,哪一个人想要呼吸,早晨的空气、窗外的空气、公园里的空气,它一样平等给予,不会嫌贫爱富。像流水,无论取一瓢,或一桶,甚至接自来水到家里,它都会任你饮用解渴、清洁洗涤。

阳光、空气、水、大地都是人间最需要的,具有平等性,能和般若相比。此外,圣人的心也是无私不偏的,如:孔子、孟子、耶稣、释迦牟尼佛,他们爱世、爱人的心,也能够从般若中表露出。所以,般若的智慧,不但是我们的宝藏,也可以说是我们不死的生命。人虽有生死,但只要有般若,般若的生命是不死的。就如同茶杯打破了,茶杯里的水流在桌上、地下,用抹布、拖把,把它再擦拭起来,一点都不少。身体的躯壳是物质的,有生灭无常,会毁坏,但生命的流水,在五趣六道里流来流去,依然存在。所以,我们要把生命里的般若宝藏发掘出来,因为它的功用是无限的。

般若最大的功用,不是哲学的知识辩论,它就在我们生活里面,可以成为我们最高的人生知识,它是智慧,是灵巧。不过般若,也好像学校里的课程,可以分为一年级、二年级、三年级、四年级,是有层次的。一年级的般若叫"正见"。正见就好像照相机,要对准焦距,调好光圈,才能照出原来的相貌。例如信仰,不怕迷信,就怕邪信,迷信只是不懂,但邪信了以后就很可怕、很危险。知识也是,没有知识,顶多愚痴,你看中国的"痴"字,知字加个病字头,就是愚痴。愚痴不害人,但是如果愚痴的人邪见了,就比较危险。所谓"正见",比方说,正见世间上有前因后果,例如赚钱发财,必定是要有多少辛苦、多少机遇、多少因缘,才能有这样的结果。就是贫穷,也要有很多原因,才会贫穷。因果不会负人,它就像般若一样,很平等的,所以我们要正见有因有果、有善有恶。世界上一定有善有恶,什么是善的,有一个公理,什么是恶的,也有一个标准。相信有前生后世,有圣人凡夫,凡事有正确的认识,正见不随境流转,这就是一年级的般若。

二年级的般若叫因缘,例如:长成一朵花,不是只有花就好了,还必须有阳光、土壤、水分、肥料、人工等因缘，才能成为一朵花。世界上无论什么东西，都要有因缘才能存在，而且物物之间都是相互关联的。例如：在我们的生活中，没有工厂织布，哪里能有衣服穿？没有农夫种田，哪里有饭吃呢？我在这个世上之所以能生存，都是仰赖着很多的因缘，父母养我，老师教我，朋友助我，机关用我，我才能存在。甚至我借着这许多因缘，又再给人因缘，养活我的家小，帮助我的朋友，甚至对社会、国家做出很多的贡献。所以认识了因缘，就不会自私，就会懂得同体共生、感恩感谢。所以，什么是宇宙人生的真理？因缘。悟到这个道理，二年级毕业了。

　　三年级的般若叫空。空，不是没有，而是要空才能有。茶杯是空的，才能装水，杯子不空，茶水要倒在哪里呢？口袋是空的，才能放东西；这个场地有空间，我们大家才能够聚会，所以空才能有。我们不要把空和有对立、分开，《般若心经》说，色即是空，空即是色，色就是对于物质的有，空代表精神上的意义。所以佛教把空和有调和起来，空是一个真实的东西的样子，不是我们说的什么东西。比方说，我问大家这是什么，你们说这是讲台，是桌子。我说，它不是桌子，它本来叫木材，被做成桌子，做成椅子，所以桌子是个假象，不是它真正的样子，真相是木材。

　　你们说，不对呀！木材是山里的大树，大树才是它本来的样子，因为把树砍下来，做成各种东西。我又说大树也不对，它原本是一粒种子，埋到泥土里面，经过阳光、空气、水分、肥料等，宇宙万有的因缘结合在一起后，才长成树木，又被做成桌子、房子。所以说一切东西都是假象，因为它是空相，都是因缘和合而成的，就如《金刚经》所说："凡所有相，皆是虚妄。"所以，用般若来看这个世间，看起来好像是真的，其实是假的；看起来好像是假的，其实是真的。好比你认为这东西很清洁，他说很肮脏。你说很肮脏，他又认为很干净。又如人的大便，狗子把它当珍馐美味。小鱼小虾，是小动物的尸体，可人却觉得蛮香蛮脆的。所以，心在这个假象上迷惑，就搞不清楚了。

　　《金刚经》里"凡所有相，皆是虚妄"，可以用一则譬喻故事来说明。一对小夫妻结婚以后，有一天先生很欢喜地对太太说：我们酿在地窖里的酒，应该可以吃了，去拿一点上来吃吧。太太走到地窖，把酒缸打开，一看，吓一跳，先生竟然在这里藏了一个美女。她气呼呼地责备先生，怎么在酒缸里面藏着一个女人？先生说，哪有这回事，亲自跑下去一看。哼，你这种贱人，自己藏了男人在里面，还说我藏女人，两个人因此吵了起来。后来，他们的师父路过，听到徒弟在吵架，了解了怎么回事后，就拿了一块石头，把酒缸打破。酒缸破了，酒流走了，里面的男人、女人都没有了。所以，如果我们常常为这个假象执着烦恼，就不能见到真相。空是正见，是缘起，是可以见到真相的。

四年级的般若，是要见到真理，般若的真理，不是你说你有理，我说我有理。真理是要经得起印证的。佛教的真理是要有条件的，第一，要有普遍性，就是这一个道理，不只在这里，才是有理，在全国，乃至全世界，都是没错的。比方说，人生来要死，这个不会有人否认，没有人生来不死，这是普遍性，又如花开花谢，我们从没看过花开不谢的。第二，有必然性，比方说，人出生后，慢慢长大，生老病死，是必然的。一个小女孩，从婴儿慢慢地长成女童、小姐，男人追求，做人家的太太，做妈妈，再慢慢，就做老太婆。那么究竟这个人是女童、小姐、妈妈，还是老太婆？都是，也都不是。她有一个真正的生命，而前面所讲的都是她的假象，无常变化，这是人人都如此的。世界上没有什么东西恒常不变，世间法都有变化，变也不一定不好，对无常我们不必害怕。其实无常很好，因为世间是会变的，所以穷不会一生一世穷，苦不会一生一世都苦；甚至虽然笨拙，只要经过努力，就会改进。无常，可以改变人生，这就叫般若的智慧。本来如此，普遍如此，必然如此，不是说你有钱，你说的道理就对，我没有钱，我就没有道理，不管男女老少，有钱没钱，有理走遍天下，无理寸步难行。

基督教常讲信主得永生，这句话很对，信主得永生，不过我们佛教在后面还可以补一句，不信也永生，因为永生不关信与不信的问题。有一位老妇人在医院里，医生已经宣布没有救了，亲人都到齐，大家围绕在老人床前。老人忽然说："我现在很想喝杯酒。"人都要死了，怎么忽然要喝酒，孝顺的儿女，赶快找酒来给妈妈喝。喝过酒以后，她对大家说："哎，我想抽一支烟。"信天主教的儿子不以为然，就说："妈妈，医生说将要归天的人不可以抽香烟。"妈妈说："要死的不是医生，是我，他怎么知道我的需要呢？"这话说对了，大家又弄香烟给她，抽过以后，她安然地笑笑说："人生好美呀。"我觉得，这是很美的人生，因为有般若，如果没有般若，她就没有这么解脱了。这世界时间有春夏秋冬，空间有东南西北，人生有生老病死，世界有成住坏空，如果我们能够从般若当中，发觉出意义和美感，自然可以自在解脱。正如《般若心经》所说，"观自在菩萨……照见五蕴皆空，度一切苦厄"。观自在，谁是观自在？观世音。谁是观世音？就是我们大家。除了我们大家，另外要去找观世音，找观自在，那是错误的。

我们自己才是真正的观世音，自己不努力健全，只是妄想把自己托付给渺不可及的神明，这是错误的，要观照自己，才能自在。当我们观照到自己不自在，为什么不自在？比方，我看到这个人，我不喜欢，我不自在；我看这一个地方，我不喜欢，我不自在；我看这个时间，我不喜欢，我不自在；对这个社会，不肯接受，不认同，不把它视如自己，当然不能自在。假如能把宇宙天地、虚空万物都视为是我的，用般若去分析世间的真相，慢慢地就能进入观自在。

"照见五蕴皆空"的五蕴，就是五个东西的聚集：色、受、想、行、识。第一个色是物质，最后一个识是精神，物质和精神结合起来，就有受想行的功用。色受想行识是什么？就是我，五蕴，就是五个东西聚集的我。常常听到一句话：佛教讲四大皆空。什么叫四大皆空？这个色，它有地水火风四大要素。好比我们坚硬的骨头，是地；湿黏的痰涕、大小便溺，是水；暖度的体温，是火；气息流动的呼吸，是风。假如这四大要素，有一个不行了，就是四大不调，也就不能存在。花草也是一样，要有土壤、水分、阳光、空气才能生长，也要因缘和合，一旦因缘不具足，也是不能存在的。因此，所谓五蕴皆空，不是说死了以后才空，这句话的意义是世间万物都不能单独存在，必须要和其他的相互依存，所以空的意思，要相互关系。

举一个例子，这是佛经里面比较深奥的。有一个旅行的人，错过了旅店，只好住到乡村小神庙里，睡在神龛的下面，打算等天亮再出发。半夜忽然进来一个小鬼，还背了一具尸体。这个人一看，糟糕，真的活见鬼了，怎么办呢？正在恐惧时，又有一个高大的鬼进来，指着小鬼说："你把我的尸体背来做什么？"小鬼说："哪里是你的，是我的。"那人听了两个鬼争执，更加害怕。小鬼一看，哎哟，这里还有一个人，就说："喂喂喂，不要怕，出来，你替我们说一句公道话，这个尸体是哪一个的？"这个人很为难，心想：如果说是小鬼的，大鬼不会饶过我；如果说是大鬼的，明明看到小鬼背来的，这是伪证啊！唉，人之将死，说句真话吧。于是，这个人说尸体是小鬼的。大鬼一听生气了，就上去把他右边的膀子扯下来了，吃下去。小鬼想，这怎么得了，他帮我的忙，就赶快从尸体上替他接上一个膀子。大鬼仍不罢休，又把他左面的一个膀子给吃下去，小鬼再替他接上尸体的另一个膀子，总之这个人都给大鬼吃完了，小鬼也用尸体给他通通补好了。两个鬼一阵恶作剧，呼啸而去，留给这个人一个严重的问题，什么问题？现在这个我是谁呀？我本来是某某县某某村的张三，可是现在的这个身体，已不是我的身体了，我是谁呀？后来，他悟到一个道理：哦，原来这个身体不是我，身体之外的这个般若，是吃不了也接不起来的，才是我。

　　再举一个例子，在欧洲有场足球比赛，十万人都在那里盯着足球看。有一位先生抽烟，因为看得入神了，香烟烧到旁边人的袖子，就赶快道歉。旁边那个人也是球迷，球赛正在重要的时候，他有忘我的精神，回答："没关系，再买一件就好了。"他也不计较，继续看球赛。后来，香烟又把前面一个小姐的头发给点着了，抽烟的人又赶快道歉，说："是我这个香烟的罪过，对不起。"大概那个小姐的头发是假发，她也看球看得很入神，很忘我，说："不要紧，回去再换一顶了。"从这个例子可以看出，忘我的时候，就能照见五蕴皆空，度一切苦厄，因为无我，一切苦都没有了。所以，人和人，人和物，人和环境、地理、气候、社会等不能协调，无法和谐，就会很苦。假如能用般若照见五蕴皆空，就像我们所倡导的和谐社会，般若可以提供一个社会和谐的动力，大家拥有般若，发挥自己的般若之光，尽管中国有十几亿人口，那么人人都有般若，人人都能和谐，不为难也。

曾子墨：

我想先请问您两个我们在网上所征集到的问题。一位叫"道不同不相与谋"的网友说，佛教是兴起于东方的典型的东方智慧，以西方人的思维方式和既有的宗教信仰去接受佛教的理念，是一件很困难的事情，佛教的解释是否可能？

星云大师：

信佛教不是释迦牟尼或者观世音要你信，信佛教是信自己，因为人人有"佛性"，所以佛教基本上并不是绝对崇拜偶像的，佛教是要信自己的佛性，佛是人，我们不要把佛当作神仙，我们应该发展以人为本的佛教，发挥人性。人性提升了，就到达了佛性。在西方，基督教人士慢慢地也有信教自由，我们佛教的人去信其他教的也有，信基督教的人来信佛教的也有，不过我感觉，宗教可以异中求同，同中存异，可以相互包容，不必那样认真地一定要信哪一个教。等于学生修文学课，还可以去修哲学课、物理课；等于吃菜，我吃了这一道菜，还可以吃那一道菜。所以，信一个宗教和信两个宗教，就跟交朋友一样，交了这个朋友，还可以再增加另一个朋友，这不是很严重的事情。

曾子墨：

虽然您说不同的宗教之间可以同中求异，异中求同，但是我们还是想问您，在弘扬佛法的过程中，是不是会和当地其他一些原有的宗教发生矛盾，甚至冲突？

星云大师：

佛教在历史上和政治、社会、宗教都没有发生过什么冲突。从汉明帝佛教东传两千多年来，佛教在中国政治上从未有过反抗、革命。举例来说，佛教就等于一个公司的员工，他们只晓得要服务社会，要慈悲，要无我，要有般若，要能舍己为人，把工作做好，就是要弘法利生。至于公司里的董事会，谁上台，谁下台，有什么纠纷，我们管不了。中国的社会改朝换代，对佛教而言，无论哪一个当家都拥护，像现在是中华人民共和国，共产党领导的国家，全国各地所有的大寺庙、大和尚、出家人、佛教徒，都爱国，都拥护国家，佛教就有这个特性。

曾子墨：
另一位叫作"佛光山的追随者"的网友问，您和大陆的佛教界常常会有一些交流，那么大陆和台湾的佛教发展有什么不同？

星云大师：
基本上佛陀是同一个，教义是"三法印""四圣谛""慈悲喜舍""十二因缘"……都一样的，没有人有异议。但就戒律、制度来看，到了中国禅宗有五宗七派，慢慢的有不同的修行方法。学术界也会这样，一个学术的道理，大家论议，你这样说，他那样说。两岸佛教的相互来往，现在很热烈，尤其在台湾，我常听到"三通未通宗教先通"。其实，还是同的比较多，如果不同的太多了，就不要强求相同。

观众：
我想请问大师一个问题，佛教团体在历史的不同时期，面对不同的历史情境，会呈现出不同的性格特征，比如在魏晋南北朝，或者唐宋时期。您认为，当今社会的佛教团体最应该突显哪方面的性格呢？

星云大师：
佛教在中国两千多年来，最早的传播是译经、刻经、出版、雕塑佛像，像敦煌、云冈、龙门。到了后来就慢慢不同了，有的人欢喜参禅，就盖了很多禅寺。那么念佛的人——净土宗走入民间，有所谓三根普被，民间家家弥陀佛，户户观世音。历朝以来，除了一些宗派争奇斗艳之外，甚至还有大乘的、小乘的，还有密宗的、显宗的这些个派别，不过现在佛教要生存，要往未来发展，要靠人间佛教。20年前我去北京的时候，中国佛教协会会长赵朴初先生说他倡导人间佛教，我真是高兴，我说我从出家开始，就自觉有人间的性格，我也倡导人间佛教。现在这个人间佛教已经像阳光普照一样，慢慢在全世界点亮了般若的火炬，假以时日，未来必定是人间佛教的时代。

观众：

基督教信仰，认为爱是从上帝那里来。佛教也讲爱，讲奉献，请问星云大师讲的"般若"从何而来？

星云大师：

没有宗教不讲爱的，佛教有的时候排斥爱，是排斥那个自私，排斥那个执着，排斥那种虚假，因为不是真爱，如果是真爱升华了，就叫慈悲。常常有人问，人从哪里来？人是由爱来的，如果父母不相爱，就不能生出我了。我们叫"觉有情"，有情就是有爱的人，觉有情就是对于这个爱要觉悟，不能自私，不能一直爱得很糊涂，或爱得不当。比方说，佛教里的五戒，有戒邪淫，邪淫就是爱得不当。正当的爱，像男女之间谈爱情、结婚，佛教都准许，释迦牟尼佛没有批评过。像国际佛光会，先生来参加，必定要带太太，太太来参加，必定和先生一起来，就是寺庙里面的客房，你们要来借住，是夫妇就可以进去。为什么？释迦牟尼佛并没有排斥，说夫妇要分开，佛教也很有人情，也很有爱的性格。所以，佛教讲"无缘大慈，同体大悲"，男女老少虽跟我不一样，不过对方受苦了，我好像身上也感受得到，因为这样的关系，我就会慈悲，就等于你和我是相等的关系。这种从修养上慢慢体会出的无缘慈悲、同体慈悲，就是更高的爱。

观众：

我有一个问题一直困扰到现在，希望能够有所启发。一向说佛教都以生灭无常为教理。我就很奇怪一点，从生到死的这一个过程中所遭遇的种种经历，为什么就要把它当成一种象，当成一种是假的东西呢？

星云大师：

因为太过真实就变成一种执着，比方说，你有一百万，被人弄得公司倒闭了，如果过于把它想成是一件真实的事情，会不罢休，提刑事诉讼，很难受。假如换一个立场，我可能是欠他的，我还他了，心里面就会舒畅一些。过于把事情看成虚假，是一种执着，我们并不赞成，但是把世间看作是太过真实的，这也是一种执着。在佛法里面，有"真假中"，即真的道理、假的道理、中道的道理，其中以中道的道理为最好。有的时候，像我们过生活，太过热烘烘的，会乐极生悲，太过冷冰冰的，也会觉得人生毫无意味，最好热中能平淡，苦中能积极，这是所谓的人间佛教。

观众：

古代的高僧大德经常说，"出家人行必头陀，住必兰若"，这句话在今天还有意义吗？戒律对佛教界来说非常重要，您与大陆佛教界接触很多，您对今天僧团的戒律情况，总体有什么看法？您觉得今天的僧团在戒律方面最应该注意的是哪些方面的问题？

星云大师：

出家人有好多种，有一种比较有出世的性格，就是兰若比丘，在山林中修行，独善其身，苦行头陀。这在佛教里面很多，也受人崇敬，因为他不贪不要，苦行。但是也有一种叫人间比丘，他有人间的性格，见到你的苦，不忍心你苦，要救苦救难；甚至于要造福，像修桥铺路、救灾，这种人间比丘对人间佛教也就更需要。所以，我们现在培养的年轻学生，有少部分有出世格的，就让他做兰若比丘；有人间性格的，就让他做人间比丘。不过，最好先要有出世的思想，再要有入世的事业。所谓出世的思想，就是能放下世间的功名、富贵；然后再提起为这个社会积极地奉献的心，这就是入世的事业，会更加有意义。第二个问题，我对于大陆佛教的发展，还在研究。我并不经常在大陆走动，认识不多。不过讲到戒律是很重要的，戒住则佛法就能常住，就等于大学一定要有校规，校规健全，大学发展就不为难了。

观众：

东方这个宗教会不会对人太乐观了。比如道家说人人都可以成神仙，儒家说人人都可以成尧舜，那么佛教说人人都可以成佛，佛教甚至说，放下屠刀，立地成佛。基督教则认为人都是渺小的，是有罪的，他永远不可能说人人都可以成为上帝。东方人对自己的人性，对宗教的神圣性会不会太乐观了？我想看看星云大师是怎么理解。

星云大师：

西方的宗教，它是一神教；东方的宗教，基本上多神教。一神教就是只有一个，没有第二个。你要信我的教，就信这一个，这就产生了问题。东方的则比较民主。儒家说尧何人也，舜何人也，有为者亦若是，人人都可以做尧舜，这是一种鼓励。道家说神仙本是凡人做，有志学道者都能做神仙。佛教主张人人都能成佛。儒家、道家都有中国自由民主的思想，不过没有佛教来得透彻。佛教首先要三皈依，即皈依佛，皈依法，皈依僧。皈依佛，就能跟佛平等了，这个多民主，多平等。受五戒就不侵犯人，人家也不会侵犯我。不杀生，不偷盗，不侵犯他人的财富、生命和自由，这样我们大家都民主自由了。所以，佛教虽然没有把自由、民主、平等，说得那么明白，实际上佛教的教义如此。大家要问我信佛有什么好处，这个我很难说，这需要时间。就如同读书有什么好处，读几年以后，就有好处了。信佛教也是一样，一段时期后，自然就有好处了。不过，我也有一个快速的法门，我常跟信徒说，要他们跟我讲"我是佛"，直下承担。我是佛，你承认你是佛吗？想喝酒，只要想到我是佛，佛也喝酒吗？想抽烟，佛祖有这样吗？夫妻、兄弟姐妹要吵架，即刻想，我现在是佛了，怎么能跟你计较，跟你吵架呢？即刻就不一样。所以，信佛的好处在哪里？我自己一生感恩佛教受惠良多，甚至于现在80岁了，一点都不忧愁老死要来，一点都不忧愁明天怎么过，觉得日子好自在，这个就是信佛的好处。

观众：

佛教所倡导的众生平等、仁爱观，对于促进人与人之间的和谐，起到很大的作用。大陆改革开放这么多年取得了很大的成绩，但也出现了一些问题，在当前，佛教中的一些文化对促进和谐社会，是不是可以大有作为？如果您这样认为的话，是不是可以给大陆的党和政府提供一些建议？

星云大师：

你问得非常好，中国大陆改革开放以来，政治、经济、军事、建设等方面，都突飞猛进。我有一个徒弟是台湾人，他到大陆参观，看到无锡那个大佛的莲花那么开下来，看到大陆的这种建设，说大陆一定强。尤其，现在倡导和谐社会，从过去斗争、革命、清算，进而到和谐社会，这是中国人的福气。我现在虽然老了，也愿意为中国社会的和谐尽一点力。在今年世界佛教论坛上，我也讲了和谐对进步发展的重要性。我说了个故事，有一个家庭主妇在家打扫，想把垃圾拿到外面去倒，大门一开，看到寒风中有四个老人，他们看起来很冷的样子。家庭主妇慈悲心一起，说道："老人家，到我家里来喝杯茶吧。"四个老人就问："你们家里有男人吗？没有男人，我们不能去。"中午先生回来，她说了这件事，先生也心生慈悲，说道："你再去看看，说家里有男人，请他们到家里来吃饭。"四位老人还没有走远，太太跑去邀请他们。一位老人说："我们不能四个人一起去，只能去一人，这一位老先生的名字叫财富，那位叫成功，另一位叫平安，我叫作和谐，你要请谁到你家里呢？"太太说："我得回去问一问先生。"先生一听，当然把财富请进来了。儿子思想不一样，说："爸爸，成功最好了。"太太就在旁边说，平安最好了。大家互相争论起来了。小女儿说："和谐，找那个和谐老人来啦。"爸爸决定听小女儿的意见，请和谐来。这位太太又走到外面，说要请和谐进去。和谐老人一听，大步往家里走，另外三个老人也跟在后面走。太太着急了，说："我跟先生讲好了，就和谐老人一个人啊，怎么都来呢？"和谐说："因为你请我和谐，我们有个规矩，只要我到哪个地方，后面的平安、成功、财富，一定就会跟着来的。"现在中国社会，以和谐来建设，所以财富、成功、平安，一定会到来。

观众：

大师您亲身参与和推动了这几十年的人间佛教的改革运动，我想问，您觉得人间佛教运动，是佛教面对现代世俗化社会所做的一个方便施设，还是向佛陀精神的一个回归？

星云大师：

佛教是化导社会，还是为社会所化？当然佛教如果为社会所化，佛教存在的价值就没有了。人间佛教必然是秉持着佛陀的本怀来化导社会，给予众生信心、欢喜、希望和方便。佛法是为了人的需要而存在的，因此人间佛教不会随俗浮沉、俗化。世间是一半一半的世界，善的一半、恶的一半，光明的一半、黑暗的一半，白天一半、夜晚一半，男人一半、女人一半，一半一半的世界，我们当然用善的那一半，去净化另外的一半。

附 帖
1. 星云大师的云水日月

  星云，江苏省江都县人，1927年出生。1939年于志开上人座下剃度出家。1949年春天迁徙台湾。几十年间，他坚持弘扬人间佛教，并于1967年5月16日在高雄开创了佛光山，进而弘法于世界。

  星云大师的理论与太虚大师一脉相承。20世纪二三十年代太虚提出"人间佛教"思想时，星云还是一个孩童。1928年，太虚大师在巴黎创建了中国的佛学院，成为把汉传佛教带向世界的先驱。在国运飘零的年代将本土文化成功推广到海外，这是需要成熟的准备工作、完善的思想基础和持久的推动力的。"人间佛教"被认为是佛教改革中"最自觉适应近代社会需要的主流"。太虚说："人间"一词乃包括历史所载交通所及之全地球人类而言。何谓"人间佛教"？即表明"并非教人离开人类去做神做鬼，或皆出家到寺院山林里去做和尚的佛教，乃是以佛教的道理来改良社会，使人类进步，把世界改善的佛教"。

  1947年，太虚圆寂。1949年，星云去了台湾。半个多世纪里，他俯身佛土耕耘，身体力行地光大了"人间佛教"的理念和实践，辉煌了佛光山并把带有深厚中华文化印迹的佛教文化带向世界。佛光山的佛教推广有文化、教育、慈善、共修四大旗帜，他并没有把共修放在第一位，而是把文化、教育和慈善分别放到了前三位。在20世纪70年代，他在美国洛杉矶建立了西来寺，这是中国佛教史上的一个里程碑。此后，星云大师的事功不断从台湾本土辐射到全世界，不分地域、种族、政体，广建寺院、学校、福利院、基金会、诊所，开办媒体，普及佛教知识。他一直潜心推进佛教的现代化、科技化，在现代事业的经营上更是独辟蹊径，成效卓然，时时处处怀着回馈社会的愿心。正是星云大师云水日月般的行迹，使得"佛光普照三千界，法水长流五大洲"。

星云大师不仅与中国的儒、道相容与共，与伊斯兰教、基督教和天主教也和睦相处，参与其他宗教的重要法事和仪轨活动，进行布施、募捐。他认为宗教都是兄弟，应该互相体恤，并非信徒最多就是最大最好。所以当他拜会美国天主教，欧洲教宗，以及在马来西亚回教国家为8万人讲演，受到了真挚的欢迎与敬爱。

倡导"地球人"思想的星云大师，1992年国际佛光会世界总会成立，现已在五大洲75个国家，成立170多个协会，信众200多万人，成为全球华人最大的社团。

星云大师说，所谓"人间佛教"，说到底是要人幸福。他是用看得见、听得明、摸得着、做得到的方法，让人得到自在，平安，善美。如此，悲天悯人的佛教，还带来了"人间佛教"的欢喜处处。

2. 星云大师的借鉴与独辟

星云大师与世界上的其他宗教经常进行交流和对话，发现基督教的成功的原因之一在于基督教从来都是一种根植于世俗土地的人间宗教。比如佛教常常把寺庙、圣地修筑在远离人世的村郊野外，甚至深山老林；而基督教的教堂却在世俗社会中无处不在，并成为凝结一方人心的核心建筑。人们因为在同一个教堂做礼拜、领圣餐、受洗、布道而彼此认同关心，形成了最早的社区意识。社区意识恰恰是整个西方文明发展出统一社会、民族与国家意识的根基。这也更坚定了星云在多种宗教并存融合中发展"人间佛教"。所以，他不仅仅像历代高僧大德那样"援儒入佛"，还援基督教入佛教，借鉴其传播交流的理念和方法，探讨耶稣所说的"博爱"与佛陀的"慈悲"之间的关系。

星云大师在佛教史上留下众多的"第一"足印，包括：

创立第一支歌咏队。

创立第一所中国人办学并加入美国西区大学联盟的西来大学。

创立第一个成为联合国NGO的佛教团体。

创下第一次电台弘法、电视弘法。

创下第一次佛法演讲进入台湾政府机构殿堂。

身为第一位出家比丘在北京大学、中山大学公开演讲。

☆身为第一位先后获得两大传统佛教宗派"朱大和玛大"肯定的北传佛教法师。

创办全台第一所讲经说法及共修讲堂的宜兰念佛会。

录制第一张弘法唱片。

出版第一本白话精装佛书。

发行第一份佛教团体办的综合性日报《人间福报》。

创办第一家佛界出资主办的电视台《人间卫视》。

先后著书立说达800余万言，堪为当代佛教弘法著述第一人。

佛教传到中国两千多年间，中华文化的精髓和气韵已经深深地浸渍到佛教之中，如今我们所能接触到的佛教，被称为"汉传佛教"。在这项巨大的前赴后继的工程中，把中华民族的汉传佛教发扬光大到世界的，是星云大师。

3. 圣情如画,"人性与爱"

大陆人最早听说星云大师,是在20世纪80年代末。他花费大笔资金,资助旅美画家李自健到世界各地举办巡回画展,主题是母爱系列,形象是一些平凡的中国女性。黄色面孔的乡村老母亲,却散发出一如西方宗教画中圣母般的母性与神圣。一个出家人,为何不去宣扬出世的思想,却把这种世俗之爱宣扬于世?

第一眼在美国画廊中看见李自健的中国母亲作品,星云大师一定想起了自己的母亲。那时母亲身体虚弱,缠绵病榻,他为了替母亲解闷,经常在床前诵读扬州民间流传的"七字段",如果读音错了,母亲便纠正他。由此养成了终生阅读的习惯。大修者能比凡人走得更远,在于他能把凡情化为圣情。圣情不是绝情,是深情。

当时,在美国立足未稳的李自健在街头、海滩给人画画谋生。那一系列母爱油画其实是他未出国之前完成的,画中的模特是画家的妻子。怀孕的东方女人,世俗的人间母子,却能使人联想起圣母、圣子与佛陀。星云大师提出要资助李自健把这一系列作品继续画下去。于是,李自健回到湖南老家,让中国乡土民间那些最自然、最质朴的母亲父亲进入作品。当李自健的系列作品"人性与爱"环球展出时,在西方辐射出极大的影响力。许多人体会到,佛教所讲的"无缘大慈,同体大悲"与基督教的博爱、宽恕、爱人如己的精神殊途同归,都是崇高之爱。

4. 人间佛教现代律仪

佛光山对佛教的影响：
1. 从传统的佛教到现代的佛教
2. 从独居的佛教到大众的佛教
3. 从梵呗的佛教到歌咏的佛教
4. 从经忏的佛教到事业的佛教
5. 从地区的佛教到国际的佛教
6. 从散漫的佛教到制度的佛教
7. 从静态的佛教到动态的佛教
8. 从山林的佛教到社会的佛教
9. 从遁世的佛教到救世的佛教
10. 从唯僧的佛教到和信的佛教
11. 从弟子的佛教到讲师的佛教
12. 从寺院的佛教到会堂的佛教
13. 从宗派的佛教到尊重的佛教
14. 从行善的佛教到传教的佛教
15. 从法会的佛教到活动的佛教
16. 从老年的佛教到青年的佛教

人生二十最:

1. 人生最大的敌人是自己。
2. 人生最大的悲哀是无知。
3. 人生最大的失败是骄慢。
4. 人生最大的无明是怨尤。
5. 人生最大的过失是侵犯。
6. 人生最大的美德是慈悲。
7. 人生最大的收获是满足。
8. 人生最大的拥有是感恩。
9. 人生最大的本钱是尊严。
10. 人生最大的希望是平安。
11. 人生最大的毛病是自私。
12. 人生最大的错误是邪见。
13. 人生最大的烦恼是欲望。
14. 人生最大的忧虑是生死。
15. 人生最大的困扰是是非。
16. 人生最大的勇气是认错。
17. 人生最大的能源是信仰。
18. 人生最大的修养是宽容。
19. 人生最大的欢喜是法乐。
20. 人生最大的发心是利众。

生活律仪十事:

1. 养成读书习惯，建设书香人生。
2. 勇于戒除不当嗜好、不良习气。
3. 生活作息要正常，三餐起居要定时，不乱饮食，不乱看病。
4. 僧众晨间不得迟于六时起床，信众不得晚于七时起床。
5. 晚间十时以后，不打电话找人闲聊，也不宜洽谈公事。拨打越洋电话，应该注意时差。偶有特殊情况，自当例外。

6. 拜访友人要事先预约，并且准时到达，停留时间不宜太久。

7. 出众威仪要端庄，不要蓬头垢面、衣冠不整，尤其不可奔跑跳跃、嬉笑喧哗、争先恐后、争抢坐处，乃至遥相呼笑、指手画脚、私下耳语，或在众中以方言对谈。

8. 讲话要简明扼要，措辞要文雅有礼，不说绮语，不可两舌、恶口，尤其说话不可坏人信心，否则断人慧命，也是如同杀生。

9. 出门行车，要遵守驾驶礼仪，守法忍让，不可违反交通规则，不得乱鸣喇叭，不要制造噪音，不排放废气污染，不胡乱飙车。

10. 出国旅游，应该吸收当地文化所长，同时注意参访礼貌、重视公共道德，不可破坏个人和国家的形象。

做人密行二十五事：

1. 忍一句，耐一时，退一步，饶一着，是为做人的密行。
2. 你大我小，你有我无，你对我错，你好我坏，是为做人的密行。
3. 每日小额布施，持之以恒，回馈社会，是为做人的密行。
4. 功成不居，光荣成就归于大众，是为做人的密行。
5. 随喜随缘，帮助他人，是为做人的密行。
6. 口说赞美，给人信心、欢喜，是为做人的密行。
7. 对国家，做不请之友，是为做人的密行。
8. 对朋友，应不念旧恶，是为做人的密行。
9. 对自己，不要忘初心，是为做人的密行。
10. 对社会，能不变随缘，是做人的密行。
11. 不比较、不计较，是为做人的密行。
12. 见人要微笑，处事有礼貌，是为做人的密行。
13. 吃亏不要紧，待人要厚道，是为做人的密行。
14. 遭恶骂时默而不报，遇打击时心态能平静，是为做人的密行。
15. 受嫉恨时以慈悲对待，有毁谤时感念其德，是为做人的密行。

16. 不为讨便宜而侵犯别人，是为做人的密行。

17. 不为逞己快而讽刺别人，是为做人的密行。

18. 不为忌彼好而打击别人，是为做人的密行。

19. 以责人之心责己，以恕己之心恕人，是为做人的密行。

20. 广结善缘，从善如流，是为做人的密行。

21. 不为护私欲而伤害别人，是为做人的密行。

22. 放下执着，谦虚受教，是为做人的密行。

23. 诚信待人，不求回报，是为做人的密行。

24. 关怀邻里，参与义工，是为做人的密行。

25. 受人之托，忠人之事，是为做人的密行。

生活十事：

1. 每天至少要阅读一份报纸，了解时事；至少阅读一本好书，要做书香人士。

2. 生活作息要正常，思想行为要正派；早起起居要定时，每日三餐要定量。

3. 养成运动习惯，每天至少五千步。

4. 远离烟酒色情毒品，生活自治自律。

5. 惜福节俭，不乱用，不滥买。

6. 养成良好的习惯，不乱吃零食，不乱发脾气，这才是养生保健的方法。

7. 每日吃饭要三称念，居家饮食要五观想。

8. 八千里路云和月，生涯中，要有托钵行脚的经验，也就是自助旅行。

9. 在一生当中，应该有一至两次，将身边的物品全部送人，体会空无一物的境界。

10. 掌握时间，善用空间，和谐人间；三间一体，人生不空过。

图书在版编目（CIP）数据

包容的智慧/星云大师，刘长乐著. —长沙：
湖南人民出版社，2013.6
　ISBN 978-7-5438-9433-4

　Ⅰ.①包… Ⅱ.①星… ②刘… Ⅲ.①人生哲学–通俗读物
Ⅳ.①B821-49

中国版本图书馆CIP数据核字（2013）第175873号

©中南博集天卷文化传媒有限公司。本书版权受法律保护。未经权利人许可，任何人不得以任何方式使用本书包括正文、插图、封面、版式等任何部分内容，违者将受到法律制裁。

上架建议：人生哲学

包容的智慧

作　　者： 星云大师　刘长乐
出 版 人： 谢清风
责任编辑： 胡如虹
监　　制： 蔡明菲　潘　良
特约编辑： 张建霞

出版发行：湖南人民出版社［http://www.hnppp.com］
地　　址：长沙市营盘东路3号
邮　　编：410005
经　　销：新华书店
印　　刷：北京鹏润伟业印刷有限公司
版　　次：2013年8月第1版
　　　　　2015年11月第3次印刷
开　　本：787mm×1092mm　1/16
印　　张：14
字　　数：207千
书　　号：ISBN 978-7-5438-9433-4
定　　价：38.00元

（若有质量问题，请致电质量监督电话：010-84409925）